講談社文庫

新装版

ここに地終わり　海始まる(上)

宮本 輝

講談社

目次

ここに地終わり　海始まる（上）

第一章　絵葉書

あす二十四歳の誕生日を迎えるという日の午前十時ごろ、天野志穂子は生まれて初めて、ひとりで電車に乗った。

ほんとうは、通勤客が押しあいへしあいしている満員電車に乗りたかったのだが、やはり彼女自身、臆する気持ちもあったし、両親にも妹にも反対されたので、混み合う時間を避けたのだった。

志穂子は、電車のドアが閉まって動きだしたとたんに上気してきた頬を、冷たい指でそっと押さえて冷やしながら、目を車内のあちこちに向け、

「教養をつまなければ」

と胸の内で言った。

三月半ばの午前の光は、進行方向の少し左側から車内に差し込んでいて、ドアのところに立っているいかにも女子大生といった服装の三人連れの、丁寧にシャンプーされている長い髪を栗色に輝かせていた。

志穂子は、自分の指がいっこうに温かくならないのを、緊張のせいだと思った。自分は、いますごく緊張している。だって、生まれて初めて、ひとりで電車に乗って、都心へ出て行くのだから……。

志穂子はそう思いながら、浦辺《うらべ》先生のいつも温かかった指を思い出し、二ヵ月後の浦辺先生の還暦祝いに何をプレゼントしようかと考えた。昔は、浦辺先生は診察服のポケットにベンジン式のカイロを入れ、それでしょっちゅう指を温めていた。何年か前に、使い捨てカイロが出来てからはそれに代わった。

「病人は、他人の冷たい指で体をさわられるのはいやなもんなんだよ」

浦辺先生は、カイロをポケットから落とすたびに、照れ臭そうにそう言ったっけ……。

志穂子は、十八年間も暮らした北軽井沢の結核療養所のことは、いまは出来るだけ思い出したくなかった。だが、還暦と同時に停年退職となる浦辺先生が、療養所からいなくなってしまうことを考えると、いまもなお入院生活をつづけている何人かの親しかった患者たちの顔を思い浮かべてしまうのだった。

志穂子がその療養所から退院して、ちょうど半年がたっている。志穂子はその半年間、横浜の大倉山にある自宅の周辺を歩き廻ったり、新聞をこまめに読んだり、母と一緒に近所のスーパーマーケットに行ったりしてすごしてきた。

それが、主治医の浦辺先生が志穂子に与えたリハビリテーションの第一段階であった。

「ねェ、これだけは頭に入れとくんだよ。志穂ちゃんが世の中に最初の一歩を踏みだすのは、小学校を卒業したばかりの子供が、中学に行かずに世の中に出て行くよりも、うんと大変なんだよ」

退院の日が決まったとき、浦辺先生は、志穂子を自分の部屋に招き、紅茶とクッキーをご馳走してくれながらそう言った。浦辺先生のいつもの、のんびりした笑顔は、その瞬間消えていたのだった。

志穂子は、東横線の沿線の、まだ春の兆しなどまるでないかに見える風景に目をやりながら、自分は浦辺先生があのとき何を言いたかったのか、理屈のうえではよく理解しているると思った。

しかし、それはあくまで理屈のうえでのことであって、実際、どんなことが現実の問題として起こってくるのかは、わからないのだった。

浦辺先生に言わせれば、とにかく、きみは六歳のときから十八年間も、静かな療養所で入院生活をつづけてきたので、きみの体内時計も、人生におけるカレンダーも、世間の動きとは大きなずれがあり、それは簡単には融合しないとのことだった。

そのずれは、思いも寄らない精神的疲労とか焦燥とか苛立ちとかを運んで来るだろう。しかし、決して焦ってはいけない。人間とはうまく出来ていて、いつのまにか自然に物事に慣れて行くものだから、精神がついていけなくなったら、好きな音楽でも聴きながら、二、三日ぼんやりしてたらいい。体力がついていけなくなれば、自分自身に虚勢をはらず、ゆっくり休むんだ。

浦辺先生は、嚙《か》んで含めるようにそう言った。そして、

「まず、歩くこと。それから、人間というやつに慣れること。もうひとつは、世の中の音ってやつに慣れる。音というより、騒音だね。志穂ちゃんが、この十八年間、耳にしたことのない気持ちの悪い音が、世の中には充満してるからね」

と教えてくれた。それから、結核の再発については、充分注意をはらいながらも決

して不安がらないことと注意を与え、志穂子を送り出してくれたのだった。

志穂子は、車内の人々をそっと見つめ、元気のなさそうな、顔の色艶の悪い人を捜した。十八年間、志穂子は病んだ人々と生活をともにしてきたので、血色のいい人が必ずしも健康状態にあるのではないことを知っていた。微熱が、目に光を与えたり、頬を上気させたりする場合がある。青黒い顔色の人が、最も危ない……。

そう思って観察すると、あっちにもこっちにも、病人の範疇《はんちゅう》に入りそうな顔色があった。そして、確かに、奇妙な音が幾つも重なって志穂子の神経を刺激してきた。電車の車輪がレールのつなぎめを通過する音、乗客の何人かのおしゃべり、車外から飛び込んで来る宣伝カーの音、近くの男が貧乏ゆすりをして靴で床を打つ音……。

志穂子は、しばらく両の耳を掌で押さえた。それから軽く頭を振り、妹の美樹に頼んで調べてもらった〈ヤマキ・プロダクション〉の事務所の電話番号と住所、それに渋谷駅からの道順の描かれてある地図をハンドバッグから出した。もし、きょう、梶井克哉と逢えたりしたら、自分はうまく話が出来るだろうかと考えたとたん、温まりかけていた指がまた冷たくなっていった。

東横線の渋谷駅に着くと、志穂子はプラットホームのベンチに腰を下ろし、心を落ち着かせようと、首を前後左右に動かす体操をした。

通勤のラッシュ時を過ぎていても、駅には多勢の人間が行き来していて、志穂子を疲れさせてきた。なんとなくぼんやりして焦点の定まらない視界をはっきりさせようと、志穂子は何度かまばたきをし、

「これが人に酔うってことなんだわ」

とひとりごちた。

出がけに母が、

「人に酔って気分が悪くなったら、無理しないで、すぐに帰ってくるのよ。元気な人でもあんまり長く人混みの中にいると、頭がぼおっとしたり、ふらふらしたりするんだから」

と言った言葉を思いだし、志穂子はふいに弱気になったが、

「なんのこれしき。これも修業だ」

そうみずからを鼓舞して、改札口へと歩きだした。排気ガスの臭いが、志穂子の呼吸を小さくさせた。

信号を三つ渡り、大きなスポーツ用品店のある交差点を左に折れて、そこからすぐに次の角をまた左に曲がると、車が一台通れるほどの、一方通行の路地があった。

妹の美樹が描いた地図には、その路地の真ん中あたりに、ロビンソンという喫茶店

があり、ヤマキ・プロダクションの事務所は、そこから二十メートルほど先にあることになっている。

志穂子は、ロビンソンの前で立ち停まり、腕時計を見やった。十一時を少し廻ったところだった。廃品回収業の軽トラックがやって来たので、志穂子は道の端に寄り、ヤマキ・プロダクションの事務所がある五階建てのビルを見た。家を出てから一時間と少ししかたっていないのに、ひどく目が疲れてしまっているのが不思議だった。気がつくと、自分の周囲には、あっちこっちに光を反射させるものがひしめいていた。建物のガラスやサッシも、通り過ぎる車の車体にも、とにかくいたるところに反射物があって、それが志穂子の目に入ってくる。

志穂子は、夥《おびただ》しい音の集積よりも、反射物の光を苦痛に感じた。どうして、何もかもを、こんなにも鏡みたいに光らせねばならないのだろう……。何もかもにメッキをして、不必要な光沢をもたらしているのはなぜだろう……。

目が痛くなり、それにともなって、息苦しさも感じて、志穂子は、ヤマキ・プロダクションのあるビルに入ると、エレベーターに乗らずに階段を昇った。

ヤマキ・プロダクションは、ビルの三階にあったが、事務所の入り口には鍵がかかり、〈ご用の方は、ロビンソンという喫茶店にお越し下さい〉と書かれた紙が、ドアに貼ってあった。事務所の前の通路には、ラーメンや丼物の鉢が置きっぱなしで、数匹の蠅がその中で動いていた。

もっと活気のある、洗練された事務所を想像していたので、志穂子は、ひょっとしたら妹の美樹の間違いではなかろうかと思った。このヤマキ・プロダクションという会社と、梶井克哉が所属しているヤマキ・プロダクションとは、まったく別の会社なのではないだろうか……。

志穂子は、あちこちがはがれかけているリノリウムの床に目を落とし、再び階段を降りて、ロビンソンという喫茶店に向かった。

ロビンソンは、木目の調度品を使った、落ち着いた雰囲気で、フランクのソナタが適度な音量で流れていた。

ひとりで喫茶店に入るのも、生まれて初めてなのである。志穂子は、自分の物腰がおずおずとしているのではないかと気にしながら、窓ぎわの席に坐り、注文を訊きにきたウエートレスに、

「ヤマキ・プロダクションへ行ったら、ここへ来るようにって貼り紙がしてあったもんですから」

と言った。

歯並びの悪いウエートレスは、にこりともせずに頷き、

「ご注文は？」

と訊いた。志穂子はミルクティーを注文し、

「ヤマキ・プロダクションのかたは、ここにいらっしゃるんですか？」

と質問した。

「もうすぐ来るから待ってて下さい。いつも、どんなに遅くても十一時半までには来るから」

ウエートレスは、志穂子をあからさまに値踏みするかのように見つめたあと、カウンターのうしろ側に消えた。

「なんのこれしき」

志穂子は、小さくつぶやき、私は奇蹟を起こしたんだものと、自分に言い聞かせた。

実際、六歳のときから二十一歳の夏まで、どんな新薬を使っても好転しなかった志穂子の右肺の病巣に、突然異変が生じたとき、浦辺先生は、

「奇蹟だね」

と驚きの笑みを浮かべたのである。浦辺先生は、現代医学一辺倒の医者ではなかっ

たが、それでも、医者には違いなかったので、〈奇蹟〉という表現は滅多に口にしなかった。その浦辺先生だけでなく、レントゲン技師も看護婦たちも、

「志穂ちゃんに奇蹟が起こった」

と言い合ったくらいだった。

若い女性の体に、あえて大きな手術痕をつけるのは避けたいが、もうそんなことを言っていたらちがあかない。手術をしよう。手術をして右肺上葉部を摘出しよう。医師たちがそんな決断を下したころ、レントゲン写真に写る病巣の影が引き始めたのだった。

それは、志穂子の右肺に固定して沈黙しつづける、しつこい悪魔の退却であり、まさに奇蹟に近い出来事であった。

志穂子は、自分の身に生じた奇蹟の源泉を知っていた。それは、一枚の絵葉書であった。

絵葉書には、ポルトガルのロカ岬を写した写真が印刷されてあり、裏には〈梶井克哉〉という差出人の氏名と、次の文章がしたためられてあった。

——いまポルトガルのリスボンにいます。きのう、ロカ岬というところに行って来ました。ヨーロッパの最西端にあたる岬です。そこに石碑が建っていて、碑文が刻み

込まれています。日本語に訳すと、〈ここに地終わり　海始まる〉という意味だそうです。大西洋からのものすごい風にあおられながら、断崖に立って眼下の荒れる海に見入り、北軽井沢の病院で見たあなたのことを思いました。あした、トルコのイスタンブールへ行きます。一日も早く病気に勝って下さい――。

その絵葉書を受け取ったとき、志穂子はしばらく何が何だかわからなくて、気がすっかり動転してしまって、けれども、みぞおちのあたりがいつまでも熱くうずいて、何度も何度も絵葉書にしたためられている自分の名と、梶井克哉という差出人の名を確かめた。

どうして、この人が、私に絵葉書をくれたのだろう。それも、ポルトガルのリスボンから。あのとき、ひとことも言葉なんか交わさなかったのに、どうして、私の名前を知っているのだろう……。

志穂子には不思議でたまらなかった。しかし、志穂子には、絵葉書に対する返事を出す勇気が湧いてこなかった。ボールペンで絵葉書にしたためられた文章には、あきらかに、志穂子への恋の感情がこめられていたため、彼女は返事を出すことが、ひどくうぬぼれの強い、あさましい行為に受け取られないだろうかと恐れたのだった。

梶井克哉からの便りは、その一枚の絵葉書が最初で最後だった。それもまた、志穂子には合点のいかない、釈然としないものだったが、彼女はその理由を、自分が返事を出さなかったせいだと結論づけた。

梶井は、まったく唐突にあのような絵葉書を投函してしまったことを恥じ、それに対する何等かの応答が志穂子のほうからなかったことで、いっそう恥ずかしい思いを味わったのであろう、と。

志穂子はミルクティーに砂糖を入れ、それをスプーンでかきまわしながら、きょう、梶井と顔を合わせなくても、住所を教えてもらって手紙を出そうと考えた。けれども、いや、手紙なんかで済ませるわけにはいかない。ちゃんと逢って自分の口からお礼を言うのだと思い直した。

あの一枚の絵葉書が、どんなに自分の中の生命力を発動させてくれたかを。そして、それが、しつこい病に打ち克つ力の源泉になったことを、志穂子は、ありとあらゆる感謝の言葉とともに、梶井克哉に直接伝えたくて、きょうという日を待ったのだった。

何人かの客が入ってきたが、ヤマキ・プロダクションに関係する人間は、十一時半をすぎてもやってこなかった。

客が入ってくるたびに自分の表情をうかがっている志穂子に気づいて、ウエートレ

スは、

「来たら教えてあげるから、待ってなさいよ。十二時までには絶対来るわ」

と言ってくれた。

志穂子は、つっけんどんな口調のわりには、根は親切そうなウエートレスに小声で礼を言ってうなずき返したが、やはり先に手紙をヤマキ・プロダクション宛に出してからにすべきだったと思った。

こんなふうに、突然訪れても、歌手かタレント志望か、あつかましいミーハーのファンかのいずれかに誤解されて、ちゃんと話を聞いてくれないかもしれない……。

だんだん居心地が悪くなり、腕時計の長針が短針とほとんど重なりかけたとき、茶色い革ジャンパーを着た四十歳前後の、頰髯を生やした男が入ってきた。

男は、手に丸めて持った週刊誌でウエートレスの肩を軽く叩いて、

「コーヒーにトースト。二日酔いで息も絶えだえだよ」

と言った。ウエートレスは、志穂子に視線を向けたまま、何やら男に耳打ちした。

男は、入り口近くの席に坐りかけたが、志穂子を見やって、あきらかに邪魔臭そうな表情を浮かべたまま近づいてくると、

「何かご用？」

と訊いた。

「ヤマキ・プロダクションのかたですか?」

志穂子は椅子から立ちあがると、そう訊いた。

「そうですが……」

「突然うかがって申しわけありません」

志穂子は自分の名前を言い、〈サモワール〉の梶井克哉さんにお逢いしたくてやって来たのだと述べた。

「梶井? もううちにはいないよ。〈サモワール〉なんてグループも解散しちまった。あんた、知らないの?」

男は掌で頬から顎にかけての髯を撫でながら、邪魔臭そうな表情に不機嫌さも加えて志穂子を見やった。

「解散? 〈サモワール〉は解散したんですか?」

「あんた、梶井のファンかい?」

男にそう質問されると、志穂子はどう答えたらいいのかわからなくなった。

「ファンじゃないって言ったら嘘になるかもしれないんですけど、ファンだから梶井さんに逢いにきたわけじゃないんです」

志穂子はひどくあがってしまって、耳に響くほど速く強く打っている鼓動を感じ、自分の舌足らずな説明をどう補おうかと焦った。

「ファンだろうがなかろうが、どっちでもいいけどね、とにかく、梶井はいねェよ。雲か霧みたいに消えちまいやがった」

男はそうつぶやき、ウエートレスが運んできたコーヒーとトーストを、入り口のところのテーブルに置くよう目で示した。

「梶井さんの住所はご存知ありませんか？」

と志穂子は訊いてみた。

「わからんね。消えちまったんだから」

「連絡の方法は、まったくないんでしょうか」

「ないよ。俺のほうが教えてもらいたいくらいだ」

男は、入り口近くの席に行き、あえて志穂子を無視するみたいに、背を向けて坐ると、コーヒーをすすりながら週刊誌のページをめくった。

〈サモワール〉は解散し、梶井克哉は雲か霧みたいに消えて、どこにいるのかまるでわからない……。

志穂子は、男の素っ気ない言葉から状況を考えようとしたが、途方に暮れたような

気分になり、ハンドバッグの中の財布を出して、それとなく志穂子に神経を注いでいるらしいウエートレスに、

「ここに置いておきますから」

と言い、ミルクティーの料金をテーブルに置いた。そして、喫茶店から出た。

梶井と逢えなかった場合に予定していた父との約束が頭に浮かんだ。それは、三時に父の勤め先の会社に電話をかけ、どこかで待ち合わせて買い物に行くというものだった。けれども、志穂子は、三時まで時間をつぶす元気がなくなり、疲れたら無理をせず家に帰ってこいという母の言葉に従おうと思った。

それで、志穂子は渋谷の駅への道を歩きだしたが、きょうの買い物を楽しみにしていた父のことを思うと、すさまじい騒音の中で歩を停めた。

父は、志穂子に服とかアクセサリーとかを買ってくれるのである。父にとっても、志穂子とふたりで、六本木や青山あたりを歩いて買い物をするのは、初めてのことであり、あるいは一生、そのような機会は訪れないとあきらめていた出来事なのだった。だから父は志穂子以上に、きょうの買い物を楽しみにしていると言えた。

まだ家を出てから二時間と少ししかたっていない。そんな程度で音《ね》をあげていたら、人間として使い物にならないではないか……。

志穂子はそう思い、

「なんのこれしき」

とつぶやいた。その瞬間、うしろから肩を叩かれた。

振り返った志穂子の目の前で、ハンドバッグが揺れていた。

「忘れ物よ」

厚手のセーターとジーンズに着替えた、さっきのウエートレスが、志穂子のハンドバッグをかかげて微笑んでいた。志穂子を追って走ってきたらしく、息が弾んでいる。

「女って、ハンドバッグだけは忘れないもんよ。私、べろんべろんに酔っぱらったとき、タクシーの中に置き忘れたことはあるけど、喫茶店にハンドバッグを置き忘れるなんて、絶対ないわよ」

とウエートレスは言い、志穂子にハンドバッグを手渡した。

「すみません。私、ハンドバッグ、持ち慣れないもんだから」

そう言ってから、志穂子は、ああ、余計なことを口にしたと思い、恥ずかしくなった。

「持ち慣れない？　あんた、歳幾つ？」

「あしたで二十四です」

「二十四にもなって、ハンドバッグを持ち慣れてないって、どういうこと？　あんた、ちょっと変ね」

顔立ちも言葉遣いも決して上品とは言えなかったが、地味な制服を着ていたときよりも優しそうで剽軽《ひょうきん》に見えるウエートレスの言葉に、志穂子は微笑み返し、

「私が変だってこと、やっぱりわかる？」

と訊いた。

「えっ？　変なの？」

亀が甲羅から首を突きだすみたいにして、ウエートレスは顔だけ近づけ、志穂子の頭を指差した。

「違うわよ」

志穂子は、笑って否定し、

「お仕事中なのに、ご迷惑をかけて、ごめんなさい」

と言った。

「十二時で、仕事、終わりなのよ。急いで服を着替えてたら、マスターが、さっきのお客さん、ハンドバッグを忘れてるよって言うから、まだみつかるかもしれないと思

って走って来たの。たぶん、駅のほうだろうなと思って」

「お昼の十二時でお仕事が終わるの？」

「アルバイトだもん。八時から十二時まで。あの店、八時から十時ごろまでが一番忙しいの。朝ごはん食べずに家を飛び出してくる人たちが、モーニングサービスを食べにくるから」

ウエートレスが駅のほうへ歩きだしたので、志穂子もつられて歩を運んだ。信号を待ちながら、

「私、ダテコ。伊達《だて》定子《さだこ》って書くんだけど、友だちはダテテイコって呼ぶのよ。それを縮めてダテーコからついにダテコになっちゃった」

と自己紹介し、

「あんたが梶井さんを捜しているのは、つまり、昔のファンが彼を追い廻してるってのとは、ちょっと違うでしょう」

そうダテコは訊いた。志穂子が喋ろうとする前に、ダテコは、大声で、

「ねェ、梶井さんにどんな用事なの？　事情によっては、協力してあげてもいいわよ」

と、それが癖らしく、首を長く突き出して、志穂子の目に見入りながら言った。笑

うと八の字になる眉の下の目は、何かを知っているのを暗示するみたいに動いた。

志穂子は、きょう初めて逢ったダテコという愛称の、自分より四、五歳年下のように思える女に、梶井から貰った絵葉書のことを喋るのは躊躇《ちゅうちょ》した。

あの絵葉書は、言葉では言いあらわせない、特別のものなのだ。父にも母にも言っていない。梶井からの絵葉書のことを知っているのは妹だけだ。梶井に逢うためには、どうしても妹の協力が必要だったから、自分は絵葉書を見せたが、本当は誰の目にも触れさせたくなかったのだ……。

志穂子はそう思った。けれども、ダテコがもし梶井について何かを知っているなら、どうにかして教えてもらいたかった。

「これから何か用事があるんでしょう?」

と志穂子はダテコに訊いた。

「二時までは暇なのよ。二時から学校へ行かなくちゃいけないんだけど」

とダテコは言った。

「大学生?」

志穂子の問いに、ダテコはかぶりを振り、

「美容学校にかよってるの。二時から六時まで学校へ行って、七時から十時までまたアルバイト。夜のアルバイトは、上野の焼き鳥屋でビールとか焼き鳥をお客に運ぶ仕事よ」

「すごく頑張るのね。朝は、八時にはあの喫茶店に出勤しなきゃいけないんでしょう？」

「へっちゃらよ。もうちょっと朝寝坊したいとは思うけどさ」

通りには、勤め人らしい男女が増えていた。ちょうど昼食時で、それぞれの仕事場から出て、昼食をとりに行く人たちなのだなと志穂子は思った。

「私、あなたにお昼ご飯をごちそうするわ。だから、梶井さんのことで知ってることがあったら教えて」

と志穂子は言った。

「お昼ご飯で買収しようって魂胆か」

ダテコは小さく欠伸《あくび》をして、志穂子の周りを行ったり来たりした。そのうち、駅の近くのビルを指さし、

「あのビルの地下に、おいしいトンカツ屋があるの。そこで二千五百円の定食をごちそうしてくれる？」

いたずらっぽい目つきで言った。

「そんなに高いの？」

「黒豚の最上肉しか使わないのよ。二ヵ月ほど前、人生に疲れて、やけくそになって、ええい、食べちゃえって思って食べたら、ほんとにおいしかった」

「人生に疲れて、トンカツ定食を食べたの？」

志穂子は、笑って言った。

「じゃあ、ごちそうしてあげる。でも、梶井さんに関する正確な情報を教えてくれなきゃ駄目よ」

「居場所まではわからないけど、居場所をつきとめるための糸口は知ってるわ」

信号が赤に変わりかけたので、ダテコは走って道の向こう側に渡った。

一緒に走って渡ろうと思えば渡れたのだが、体をいとう気持ちが無意識にはたらき、志穂子は足を踏み出せなかった。

自分ひとり信号を渡って、志穂子がついてこなかったのに気づき、ダテコは、大きな革のショルダーバッグの中をのぞき込みながら、雑踏を避けて郵便ポストに凭《もた》れていた。

志穂子が道を渡ると、ダテコは、

「あんた、やっぱり、ちょっと変わってるわよ」

と言った。

「なんだか、普通の人とはリズムが違うって感じ」

「そう思う？」

「うん。恐る恐る手足を動かしてるって感じ。さっき、喫茶店にいるときも、そう思ったけど、信号を渡ってくる歩き方を見てたら、頼りなさそうで、おどおどしてる」

「私、長いこと病気で入院してたの。だから、こんなに車や人の多いところは、やっぱり怖いのね。でも、だんだん慣れるわ」

「長いことってどのくらい？」

とダテコは訊いた。

「十八年」

「えっ！」

ダテコは立ち止まり、首を突き出して、志穂子を見つめた。

「十八年も？　ほんと？」

「ほんとよ。だって、私、きょう生まれて初めて、ひとりで電車に乗ったんだもの」

ダテコは、しばらくぽかんと志穂子に見入ってから、

「私ひとり、さっさと走って信号を渡ったりしてごめんね」

と言った。

「そんなの謝ることないわ」

志穂子は、微笑みながらダテコの細い肩や手首を見やり、ひょっとしたらダテコは、自分が世の中に踏み出して最初の友だちになるかもしれないと思った。

ダテコは、ビルの地下のトンカツ屋に入ってからも、志穂子がどんな病気で十八年間も入院していたのかを訊こうとはしなかった。きっと知りたいのだろうが、訊かないことが礼儀だと考えて我慢しているのに違いない。志穂子はそう思い、ダテコに好意を持った。

「きれいなお店ね」

と志穂子はダテコに話しかけた。

「お昼時だから満員かと思ってたけど、そんなに混んでないし」

すると、ダテコは声をひそめ、

「だって二千五百円もするのよ。このお店、お昼はその定食しか出さないの。普通の人は、そんな高いトンカツをお昼に食べたりしないわよ」

と言い、樋口由加という歌手を知っているかと訊いた。志穂子は知らないと答えた。

「樋口由加って、〈サモワール〉のメンバーよ。あの四人のコーラスグループで、いつも右端にいた女」

とダテコは言った。

北軽井沢の病院の、ねむの木が二本並んでいる中庭で〈サモワール〉という名の男二人女二人で構成されたコーラスグループが、入院患者たちの前で歌っていた情景を甦らせ、志穂子は右端にいた女の顔を思い出そうとした。

「すごくきれいな人？　髪をショートカットにした」

「そう、その人。樋口由加っていうんだけど、彼女をめぐって、くんずほぐれつのトラブルが起こったの。梶井さんの失踪は、どうもそのトラブルが原因らしいのよね」

とダテコは言った。

「くんずほぐれつのトラブルって？」

志穂子は訊いた。

「そんなの決まってるじゃない。彼女をめぐって何人もの男どもが争ったわけよ。商品には手を出さないのが鉄則なのに、矢巻さんも彼女を口説きつづけてたし、レコード会社のプロデューサーとか、作曲家とか、広告代理店の偉いさんなんかも、彼女をものにしようと血まなこ。でも、梶井さんと樋口由加とは、〈サモワール〉ってグループを結成する前からの恋人だったらしいわよ」

ほうじ茶を一口飲んで、ダテコは身を乗りだした。

「私、あんたの名前、まだ訊いてなかった」

「天野志穂子」

「天野さんて呼ぼうか、志穂子って呼ぼうか」

志穂子は微笑み、

「志穂子でいいわ」

と言った。ダテコは何度もうなずき、

「ねェ、志穂子は週刊誌も読まなかったの？　梶井さんと樋口由加との失踪事件は、週刊誌にすごく大きく出たのよ。女性週刊誌なんか、どれも大事件みたいにでかでか書きたてたわ」

梶井と樋口由加とが失踪したのは、いつごろなのだろう。私に絵葉書をくれる前だろうか、それともあとだろうか。妙に物哀しい気持ちを払いのけながら、志穂子はそのことをダテコに訊いてみた。

「三年くらい前かな。まだ夏になってなかった。梅雨のころよ。私があの店でアルバイトを始めて三ヵ月ほどたってから」

とダテコは言った。

志穂子が、梶井からの絵葉書を受け取ったのは八月十日だった。

「ところがねェ」

とダテコは声をひそめ、眉を八の字にして言った。

「みんな梶井さんと樋口由加とが手に手を取って行方をくらましたと思ってたのに、樋口由加は、他の男とインドにいたの」

「インド？　他の人と？」

「そうなのよ。たまたま仕事でインドへ行ってた週刊誌の記者と、ばったり出くわしたのよ。タージ・マハールって宮殿で」

トンカツ定食が運ばれてきたので、ダテコは口を閉ざした。

志穂子は、定食の、それぞれの皿や碗を並べている店員のことなど意に介さず、

「じゃあ、梶井さんはどうしてたの？」

とダテコに訊いた。

「梶井さんと樋口由加さんとは、手に手を取って失踪したんじゃなかったの？」

ダテコは、まあそんなに慌てなさんなといった表情をつくり、片手を口のあたりで左右に振った。そして、店員が去るのを待ってから、

「それで、週刊誌はまた大騒ぎ。樋口由加は、やっとインタビューに応じたんだけど、梶井さんのことは知らないって言い張るの。自分は、この仕事がいやになって、何もかも投げだして旅に出てしまった。いろんな人にご迷惑をかけて申しわけなかった。梶井さんが行方をくらましたことはまったく知らなかった。自分とは関係のないことだ……。その一点張りなの」

それから、ダテコは箸を持ち、赤だしをすってから、トンカツを口に入れた。

「うーん、最高。やっぱり、トンカツは黒豚のヒレ肉よねェ」

志穂子は、早く先を聞きたくて、肉を頬張りすぎて丸く膨れたダテコの左の頬を見つめた。

「樋口由加と一緒にいた男は、香港の宝石商なの。スイスのチューリヒで知り合って、お互いひと目惚れで、そのまま旅をつづけてたんだって。でも、私、それが嘘だってことを知ってるわ」

とダテコは言った。

「嘘って？」

「だって、矢巻さんは、日本に帰って来た樋口由加に何度も逢って、真相を確かめたのよ。〈サモワール〉は、ヤマキ・プロダクションのドル箱だったんだもん。〈サモワール〉が解散したら、ヤマキ・プロダクションはつぶれちゃうわよ。矢巻さんと、あの店のマスターは友だちだから、しょっちゅう内緒話をするの。私、知らんふりしながら、聞き耳をたててたんだ。そしたら、だんだんわかってきたのよ」

「何が？」

「梶井さんと樋口由加は、やっぱり一緒に日本を発ったのよ。でも何かが起こって、チューリヒで別れたらしいのよね。別れた理由は、香港の宝石商とは関係ないみたい。樋口由加がその男と出逢ったのは、梶井さんが帰ってこないもんかってホテルで十日も待ってたときだったんだもの。私、ちゃんと、この耳で聞いたんだから間違いないわ。盗み聞きだけど」

ダテコはそう言うと、首をすくめて笑ったが、すぐに真顔になり、

「梶井さんは、おととしの春に日本へ帰って来たわ。梶井さんから矢巻さんに手紙が届いたのよ。迷惑をかけてすまなかったって。でも、どこにいるのかは書いてなかった」

志穂子は、ほっとして、やっと箸を持った。

長い長い入院生活のなかでつちかわれたものが、そのとき、志穂子の内部に膨れあがった。それは、少ない情報のかけらを張り合わせて、他人の状況を判断する能力で

あった。

看護婦同士の断片的な会話、医者のちょっとした冗談や足音の変化、夜中の物音、病棟全体の気配……。それらは、自分以外の患者に何が起こっているのかを伝える暗号だった。その暗号によって次第に判明してくるものは、どんな場合でも、自分以外の患者に関してであって、自分のことは何ひとつ教えてくれない。

「樋口由加さんは、そのあとどうなったの？」

と志穂子はダテコに訊いた。

「結婚しちゃったわ、その香港の宝石商と」

「梶井さんは？」

「それを教えてあげるために、私はトンカツ定食をごちそうしてもらってるんじゃん」

「そうね」

志穂子は、梶井に逢えると思った。絵葉書でしか見たことのないポルトガルのロカ岬の風や波の音が、心のどこかに生じた。それもまた、長い長い闘病生活がもたらした特殊な想像力の回路から発生するものではあったが……。

「梶井さんは、日本に帰って来て十日ほど実家にいたらしいの。だけど、矢巻さんが訪ねていったときは、もういなかったんだって。梶井さんのお母さんにも、お姉さんにも、何にも言わないで出て行ったらしいわ。でも、梶井さんは、たぶん東京にいるわ」

ダテコは箸を持ったまま、いやに確信のある言い方をして、小さく微笑んだ。

「どうしてそう思うの？」

と志穂子は訊いた。

「店に出入りしてるコーヒー豆の会社の人と梶井さんとは高校時代の同級生なの。その人、尾辻さんていうんだけど、尾辻さんは、私に、自分と梶井とが友だちだってことは絶対に内緒にしといてくれって頼んだの。梶井さんが日本に帰って来てすぐのころに。黙っといてくれたら、毎月、コーヒー豆を二缶あげるって言うから、私、絶対に口外しないって誓っちゃった」

「コーヒー豆を二缶？　それで、その約束は守られてるの？」

「うん、どうせ口だけだろうと思ってたんだけど、ほんとにきちんと毎月二缶のコーヒー豆を私のアパートまで届けてくれるの。私の言う糸口ってのは、つまり、その尾辻さんよ」

「尾辻さんは、毎月、いつごろダテコのアパートに来るの？」

と志穂子は訊いた。

「月初めの土曜日。会社のライトバンで来るわ。彼、私がお茶でも飲んでいかない？って誘っても、絶対に入ってこないの。残酷よねェ、女の私が誘ってるのに」

ダテコは言って、つまらなそうに箸の先を舐《な》めた。

「その尾辻さんは、きっと、梶井さんの居所を知ってるわね。だって、自分たちがとても仲がいいってことを、ダテコに口止めしたんだもの」

やっと気持ちのたかぶりが鎮まり、トンカツ定食に箸をつける意欲が湧いて、志穂子は、冷たくなりかけているトンカツを口に入れてからそう言った。

病院の食事と比べたら、この日本ではまずい物などないと信じているのだが、上等のトンカツを、志穂子はあまりおいしく感じなかった。自覚する以上に疲れているのだろうと志穂子は思った。

旺盛な食欲ですでにトンカツ定食をたいらげてしまったダテコは、ショルダーバッグからボールペンと手帳を出し、箸袋に数字を書いた。

「これが尾辻さんの会社の電話番号。交換手に、第二営業部の尾辻さんをお願いしますって頼んだらいいわ。木曜日以外は、営業に出てるから、朝だったら十時半くらいまで。夕方だったら六時から七時のあいだに電話をかけたら、彼、必ずいるわよ」

「でも、突然、見も知らない女から電話がかかってきて、梶井さんの居所を教えてくれって言っても、相手にされないわよ」

ダテコは、店員にほうじ茶のおかわりを頼んでから、

「うん、それもそうね」

と頬杖をついたが、これまでよりもっと眉を八の字にさせて笑い、

「じゃあ、私が橋渡ししてあげる」

と言った。

笑っていないときは、どことなくなさけなさそうな、意気消沈した顔つきなのに、眉を八の字にさせて笑うと、屈託のない、清潔で溌剌《はつらつ》とした表情に一変するダテコを、志穂子は何か不思議な生き物を見る思いで見入った。

「ダテコは、お幾つ？」

と訊いた。

「二十二。西浅草の六畳一間のアパートに住んでるの。台所も風呂場も狭いけど、家賃が安いし、大家さんが親切にしてくれるから気に入ってるの。ねェ、一度遊びにこない？」

ダテコはそう言って、別の箸袋に自分の電話番号を書いた。志穂子も、自分の家の

電話番号を教えた。

「ときどき電話してもいい？」

とダテコは訊いた。

「いいけど、私、十時には寝ちゃうから」

「そんなに早く寝ちゃうの？」

「だって、病院は九時に消灯なのよ。十八年間も九時消灯の病院にいたんだもの。十時になったら、眠くて目をあけてられなくなるわ」

「それもそうね。ふーん、十八年間も病院にいたのかァ。大変だったわね」

ダテコは、どんなふうに尾辻への橋渡しをしてくれるのかは口にしなかった。彼女は、志穂子がトンカツ定食を食べ終わるのを見届けてから、足早に去って行った。

志穂子は、ゆっくりと香りのいいほうじ茶を飲みながら、ハンドバッグから絵葉書を出した。そして、これまで何回読んだかしれない文面を、一字一字、目に刻みつけるようにして読んだ。

——ここに地終わり　海始まる——。

いったい、いつ、誰が、ロカ岬の石碑にこの言葉を刻んだのだろう。まだ地球が平面体だと信じられていたころのことなのだろうか。それとも、地球が球形であることを承知のうえで書かれたのだろうか。いずれにしても、その短い文章は、志穂子にとっては、大きくて神秘的で希望に支えられていて、終わりも始まりもない、自由自在な世界の扉をあける合言葉みたいに感じられるのだった。

この絵葉書は、ダテコの話が本当だとすれば、梶井は樋口由加とスイスのチューリヒで別れたあと、ポルトガルのリスボンで私に宛てて書いたのだ……。志穂子は、その思いを、まるで赤ん坊を自分の胸に引き寄せるみたいにして、柔かく心のなかで抱いた。

梶井と樋口由加とのあいだに何があったのか、そんなことはどうでもよかった。それどころか、あんなに美しい女性と手に手を取って日本から失踪した梶井が、そのさなかにも、私のことを心にしまっていたという思いが、志穂子をけだるくて心地よい時間にひととき引きずり込んだ。

他の客が店から出て行き、志穂子ひとりになると、彼女は腕時計を見た。二時前だった。

父には申しわけないが、きょう、私の心身は限界に達したと志穂子は思い、約束よりも一時間早いが、買い物と食事は後日に延ばしてもらうことを伝える電話をかけることにした。

志穂子は勘定を払い、トンカツ屋から出ると、近くの公衆電話で、父の勤める会社に電話をかけた。

「ちょうどよかった。仕事が早く済んで、三時までどうしようかって思ってたところだ」

と父の志郎は言った。

「会社の連中にひやかされてるよ。朝からずっとそわそわしてるって」

父のその言葉で、志穂子は「きょうは帰る」とは言えなくなった。

「いい店を二、三軒教えてもらったよ。とにかく、若い女性向きの店なんて、ブティックだろうがレストランだろうが、てんで知らないからね」

「じゃあ、いまから出てこれるの？」

と志穂子は訊いた。

「ああ、いまから行くよ」

父はそう答え、待ちあわせの場所を志穂子に教えたあと、

「タクシーの運転手に言ったらわかるよ。六本木のSビルの前だ」

と言った。そのあと、

「大丈夫か？　疲れてないか？」

と志穂子に訊いた。

そう言ったくせに、父が椅子から立ちあがり、自分の職場から大急ぎで離れようとしている気配を感じ、志穂子は電話口で微笑んだ。

「大丈夫よ。疲れたけど、東京の、人間と車に疲れない人なんていないわ」

「まったくだ」

父は電話を切った。

志穂子は階段を昇り、駅前の通りに出て、ひとりでタクシーに乗るのも、きょうが初めてなんだと思った。しかし、タクシーの停め方は知っている。客を乗せていないタクシーに手を振り、乗ってから行く先を告げる。これはテレビドラマで何度も出てくるシーンだから……。

志穂子は、電話をかける際、手帳をハンドバッグから出したくせに、自分がちゃんとハンドバッグを持っているかを確かめてみた。そして、やって来たタクシーに手を振った。

「六本木のSビルの前まで行って下さい」

朝、電車のドアが閉まったときと同じような緊張を感じながら、中年の、無表情な運転手の横顔をうかがった。

「急いでるんですか？」

と運転手が車を発進させてから訊いた。

「いいえ、べつに急いでないんです」

「すごい手の振り方だったから、よっぽど急いでんのかなって思っちゃったよ。きょうは道が混んでるから、三十分くらいかかるよ」

「すごい手の振り方？」

と志穂子はデジタル式の料金メーターを見ながら訊いた。

「なんか、船に乗って遠いとこへ行く人に、港から手を振ってるって感じだったね。何事かと、俺も慌ててブレーキ踏んじゃったよ」

タクシーは、交差点にさしかかると、たいてい四、五分は動かなかった。

「きょうの道は、混んでるんですか？」

信号が青になっても、いっこうに動かない車の列を見て、志穂子は訊いた。

「混んでるね。どこかの大統領が来てるんだってさ。それで交通規制やってるんだ。まったくいい迷惑だよ。この国の税金払ってるのは、俺たちなんだぜ」

運転手が言ったとおり、六本木のSビルまで三十分かかった。車に酔ったらしく、途中で気分が悪くなったが、近くで降りて歩くという方法を志穂子は知らなかった。

志穂子がタクシーから降りると、先に来て待っていた父が幾分心配そうに、しかしどこか照れ臭そうに笑って手を振った。

「ああ、大丈夫。元気そうな顔をしてるな」

父はそう言ったが、志穂子は自分の顔色が悪くなっていることを知っていた。志穂子の入院中、週に一度、車で北軽井沢の病院までやって来る父は、どんなときにも、

「ああ、元気そうじゃないか」

というのが常であった。

父は、背広のポケットからメモ用紙を出し、同じ部の女子社員に教えてもらったという何軒かのブティックの名を志穂子に見せた。

「この三軒のブティックの服は、天野課長がびっくりして目を白黒させるくらい高いですよって、若い女子社員たちが言ってたよ」

と父の志郎は言い、背広の上から胸を叩いた。お金のことは心配するなという意味であることはわかったが、志穂子はぎごちなく父の腕に自分のそれを絡め、

「そんな高価な服なんかいらない。普通の値段ので十分よ」

と言った。

「お父さんだって、少しは自由になるお金を持ってるよ。そんなに馬鹿にしたもんじ

ゃない」

「お父さんのへそくり？」

「まあ、そんなところだな。だから、お母さんには本当の値段よりも安く言っとけよ」

父は、最近かなり薄くなってきた頭頂部の髪を手で撫でつけ、志穂子の顔を笑顔で見やったが、

「やっぱり、少し休憩をしたほうがいいよ。とにかく東京ってところは、人を疲れさす街だから。それに、入院してるときは、ちょうどいまごろは昼寝の時間だろ？　志穂子の体内時計は、いま眠りたがってる。ひとやすみしよう」

志穂子は父の忠告に従うことにした。

父は喫茶店に入ると、コーヒーを注文し、志穂子にも同じものを勧めた。

「眠気ざましだ」

「私、眠くないわ」

「家にいるときは、いまごろの時間はどうしてるんだ？　昼寝はしないのか？」

「昼寝はやめたの。癖になってるから、二時前になると眠くなるけど、いつまでもそんなふうじゃいけないと思って」

「無理しないことだよ」

志穂子もコーヒーを注文し、坐りごこちのいい椅子に背を凭《もた》せかけた。散歩のときより多く歩いたとは思えないのに、ふくらはぎが痛かった。

父の志郎は、ことし五十七歳になる。長野県の松本市で、米屋の四男として生まれ、東京の大学を卒業すると、計器類のメーカーであるいまの会社に就職した。志穂子が生まれる三年前に腎臓の病気にかかり、一年半ほどの入院生活を強いられた。本来、口が重く、穏やかな性格で、他人を押しのけて前へ出ようとするところなどまったくなかったのと、病気のために無理のきかない体になってしまったため、社員五百人ほどの会社にあっても、長い下積みがつづいた。入社以来、ずっと営業畑にいたのだが、三年前、製品管理部に配転され、そこの課長になったのだった。

「お父さんこそ、コーヒーは良くないんじゃないの？」

と志穂子は言った。

「めったに飲まないよ。たまにはいいさ」

そう言ってから、父は、午前中は誰と逢っていたのかと志穂子に訊いた。

志穂子は、梶井に逢いに行こうと決めたとき、ひとりでの外出の口実に、ひとりで東京の街を歩いてみたいからと嘘をついた。

だから、志穂子は、父が「午前中はどのあたりをぶらついたのか」と訊かなかったことを不審に思った。父は、私の嘘を見抜いているのだろうか……。そう思うと、志穂子はなんだか自分が大きな裏切りをなしたような気持ちになった。

自分は、実際、父や母に心配と苦労をもたらすためだけに生まれてきたようなものだ。六歳から二十三歳のときまで、十八年間も病気で入院生活をつづけた娘のために、よほどの事情がないかぎり、休日を、父は横浜から北軽井沢までの往復に費やしてくれた。母も、月に最低二回はやって来て、洗濯をしてくれたり、ベッドの周りを掃除してくれたりした。そんな苦労をかけた自分が、真の全快祝いに等しい、ひとりでの外出の口実に、嘘をついた……。

志穂子は、ふいに、父には何もかもを喋ろうと思った。またあらたな心配をもたらすにしても、父をあざむくよりもましではないか、と。

「私、お父さんにもお母さんにも嘘をついたの」

と志穂子は言った。

「嘘？　へえ、どんな嘘だ？」

父は笑みを浮かべた。

志穂子はしばらく思案したのち、ハンドバッグから、梶井にもらった絵葉書を出し、それを父に手渡した。

父は、老眼鏡をかけ、絵葉書の文面に目をとおしたあと、何度も、ロカ岬の写真のほうを見つめたり、また最初から文章を読み返すという動作を繰り返した。

「この梶井って人は、おんなじ病院に入院してたのか？」

と父は老眼鏡を外して訊いた。

「〈サモワール〉っていう男二人女二人のコーラスグループの人なの。軽井沢のホテルで野外コンサートがあって、そのあと、病院まで来て、中庭で十曲ほど歌ったの。私は、ラジオで〈サモワール〉の歌は聴いたことがあったけど、見たことはなかったわ。もうひとりの男性ボーカルの人が佐久の出身で、お母さんをあの病院で亡くしたんだって。看護婦さんには、〈サモワール〉のファンがたくさんいて、そのうちの誰かが、入院患者のために、病院の中庭でコンサートをひらいてくれって手紙を書いたんですって。どうせ駄目だろうと思ってたら、ほんとに来てくれたの。それもボランティアで」

父は、うなずいたり、腕組みをしたりして、志穂子の話を聞いていたが、

「じゃあ、志穂子は、この梶井って人に逢いに行ったのか？」

と訊いた。そのつもりだったが、梶井さんとは逢えなかったと志穂子は答え、ダテ

コから聞いた事柄を話した。

「梶井さんに逢って、どうするつもりだったんだ？」

父は再び手に持った絵葉書に視線を落として訊いた。

「お礼を言おうと思ったの」

と志穂子は自分の目元が赤らんでくるのを感じながら言った。

「ラブレターをもらって、お礼に行くのか？」

父は、ひやかすような微笑を注いだ。志穂子は、自分の気持ちをうまく言葉にできず、目を伏せて、そっとうなずいた。

「入院中のお前に、こんな胸のときめくことがあったなんてね」

父はそう言って、絵葉書を志穂子に返し、

「〈サモワール〉か……。お父さんも一、二度テレビで観たことがあるような気がするな。たしか、にぎやかなロックグループじゃないよな」

「静かな曲ばっかりでもないけど、おとなのファンがたくさんいたんですって。あんまりテレビには出ないで、コンサートを中心に仕事をしてたの」

父が何も言わず、コーヒーをスプーンでかきまぜつづけたので、志穂子は、

「胸がときめいたけど、私、変な考えで梶井さんに逢おうと思ったんじゃないのよ」

と言った。

「そんなこと、俺は心配してないよ。梶井という人がどんな人か俺にはわからんが、もう病気の思うつぼにはまり込んでたお前に、こんな楽しい活を入れてくれたんだ。そのお礼を言いたいっていう志穂子の気持ちは、少しも間違ったことじゃない」

「お母さんには、お父さんから話しといてね」

「上手に話せるかどうかわからんな。お前の口から話してあげたらどうだい」

「お母さんは、絶対に心配して、大騒ぎするに決まってるもの。この梶井って人は、ならず者じゃないのかとか、裏にどんな魂胆があるんだろうとか、とにかくあれやこれや気をもむのは目に見えてるもの」

「うん、たぶんそうなるな」

父はあいかわらずスプーンでコーヒーをかきまぜながら溜息をつき、目をゆっくりと左右に動かした。それは、父が深く考え事をしているときの癖であった。

父が、梶井からの絵葉書に関して、それ以上何も言おうとはしないので、志穂子は気恥ずかしさから逃れるために話題を変えた。

「お父さん、来年の四月で停年でしょう？」

「うん、あと一年だな」

と父はやっと志穂子に視線を戻して答えた。父の会社は、頑固に〈五十五歳停年制〉をやめなかったが、他の会社の多くが六十歳まで停年を延長したので、五十八歳という中途半端な停年制に変えたのである。

「停年になったら、お父さんは何をするつもり？」

「いまはただ、朝寝坊して、昼寝して、夜ふかしをしたいね」

父は苦笑して言った。

「俺は、こないだの土曜日、なんだか眠れなくて、夜中の三時ごろ、居間へ行ったんだ。そしたら、テレビがつけっぱなしになってる。お母さんが消すのを忘れて寝ちまったんだろう。昔のフランス映画が映ってた。昔、観たいと思っているうちに観そこねた映画だったし、ちょうど始まったばっかりだったから、最後まで観ちまった。終わったのは明け方の五時だよ。でも、俺はテレビが夜中にあんないい映画を放送しているなんて知らなかった。いままで随分損をしたような気がしてね。こう見えても、お父さんは映画青年だったんだぜ」

父はそう言って、朝寝坊と昼寝と夜ふかしにあきたら、余生について考えるつもりだと、どこまで本心なのかわからない表情でつけたした。

「私、体に自信がついたら、英会話の学校に通うつもり。私が受けた教育なんて、療養所での変則的な教育でしょう？　実際の学力は、中学を卒業した程度だと思うの。私、大学に行きたいと思うけど、中学卒業の資格しかないし……」

すると、父はほとんど飲んでいないコーヒーのカップと皿をテーブルの端に寄せ、両肘をついて身を乗りだした。

「ほんとに大学へ行きたいんだったら、頑張ってみてもいいじゃないか」

と言った。

「高校を卒業してなくても、大学受験の資格検定試験てのがあるよ。それに合格したら、大学受験の資格ができる」

「そんなことしてたら、私、あっというまに三十歳を超えちゃうわ」

父は、志穂子の言葉を、顔を左右に振ってさえぎり、

「歳が幾つになろうが、そんなことはかまわないじゃないか。志穂子の人生は、これから始まるんだ。六つのときからの十八年間は、学校じゃ学べないことを学んだんだ。つらい勉強だったけどね。俺は、あの十八年間、これからの志穂子にとって、とんでもない宝物にならなきゃいけないと思ってる。家のことなんか心配する必要はないんだよ。少々のたくわえはあるし、たいした額じゃないけど、退職金もある」

日ごろは口の重い父の、珍しく滑らかな話し方は、ほとんどあきらめていたかもし

れない病身の娘との買い物に、心が昂揚していることを示していると志穂子は思った。

「こんな日が来るなんて、四、五年前には想像できなかったな。俺は希望は捨てなかったけど、ああ、この子はこの病院で死ぬのかなって思ったこともある」

「私も、そう思ったことが何千回もあるわ」

「人間の体ってのは、摩訶不思議なもんだな。あきらめちゃいけないんだな。奇蹟みたいなことは、確かに起こるんだな」

私にとって奇蹟の電源はこの一枚の絵葉書だった……。志穂子はためらったのち、そのことを父に言った。

「奇蹟の電源？」

父はそう訊き返して、頬杖をついたまま微笑し、

「志穂子のなかにあった生命力の電源のスイッチを入れてくれたんだな」

と感慨のこもった言い方をした。

「私のこと、あさはかだと思う？」

と志穂子は、父の顔をまともに見られなくなって訊いた。

「そんなふうに思うわけないよ。きっかけは何でもいいんだ。どんな薬も効かなかっ

た志穂子の肺に巣くう結核菌が、突然、嘘みたいに退散を始めた。これはまぎれもない事実だからね。生命力を失った人間には、どんな薬も効かない。志穂子の生命力が、この梶井さんからの絵葉書によって力を得たとしたら、お父さんも梶井さんにお礼を述べたいくらいだ。若い娘が、ラブレターをもらって心をときめかすのは自然のことじゃないか。少しもあさはかなことじゃないよ」

「これ、ラブレターかしら」

そうつぶやいたあと、二十四歳にもなった女が、なんと子供ぶったことを口にしたのだろうと、志穂子は恥ずかしくなった。

父は軽く声をあげて笑い、

「これをラブレターと言わずして何と言うんだ？　こんな見事なラブレターはないだろう」

「見事って？」

「なかなか、これだけ短い文章で切りあげられるもんじゃない。この短い文章のなかに、女心をくすぐるものが全部含まれてある。うん、なかなかのもんだ」

「変な褒《ほ》め方」

「お父さんだって、昔、ラブレターを書いたことがあるんだ。十八のときかな。二十二のときにも書いた。ラブレターってのはね、どうしてもだらだらと長くなるもんなんだ。自分の気持ちを伝えようとするのと、相手の気をひこうとするのとで、書いても書いても終わらなくなる。そのうち、何を書いてるのか、ひとりよがりで支離滅裂になる。二十二のときに書いたラブレターなんて、便箋で十六枚にもなったよ。書き直して四枚にしたら、ただの時候の挨拶みたいになってね。結局、出さなかった」

父は志穂子と顔を見合わせて笑った。

「ところが、短すぎてもよくないみたいだな。お父さんの学生時代の友だちだけど、農学部で種なしのくだものを作る研究をしてるやつがいたんだ。いまでこそ種なし西瓜《すいか》も種なし葡萄《ぶどう》も珍しくはないけど、あのころは画期的な研究だった。そいつが教授の娘にひと目惚れして、いろんな手口を考えたあげく、電報でラブレターを送った」

「どんな文章？」

「シヌホドスキデス」

「で、どうなったの？」

「電報で返事が来た。〈ダッタラシネ〉ってね」

「うわあ、残酷な返事」

志穂子は笑いながらも、その女性に嫌悪を感じた。

「私、相手がよほど悪い人間でないかぎり、そんな返事を送る女性って嫌いだわ」

と志穂子は父に言った。父と、六本木で待ち合わせて、買い物の前に喫茶店でこんな会話を交わしていることが、たちまちに消えてしまう虹みたいな気がして、一瞬不安になった。

父は、当時を思いだすかのように、くすっと笑い、

「電報で返事を打ったのは、その娘の父親なんだ」

と言った。

「電報ってのは、人を驚かすもんだろう？　はっきりと祝電だとか弔電だとかがわかってりゃあ驚かないけど。しかも、彼の打った電報は夜中に届いたらしい。家の人たちは、何事かと目を醒ました。そしたら〈シヌホドスキデス〉だ。娘の親父は烈火のごとく怒った。そりゃあ怒るだろう。お父さんだって怒ると思うよ。娘の親父さんは、すぐさま〈ダッタラシネ〉って返事を電報で打ったってわけだ」

いや、父だったら怒らないだろうと志穂子は思った。ある意味において、志穂子は父のことについてほとんどわかっていないのと同じだった。この十八年間、志穂子が接してきた父は、病んだ娘を見舞いにくる父でしかなかったからである。喜怒哀楽を

隠して、寛容すぎるほどの声の調子や表情しか志穂子には見せなかったし、またそれも当然のことだった。

けれども、そのことを十分考慮しても、志穂子は、自分の父を、〈怒らない人〉だと信じていた。それどころか、この天野志郎という人は、生まれてこのかた、一度も怒ったことがないに違いないと思うのである。

「お父さんだったら、『びっくりさせるなァ』って言って、目をきょろきょろさせてから、怒らないで寝ちゃうわ」

と志穂子は笑いながら父に言った。

「そうかな……。俺は怒らないかな」

「私、お父さんと一緒にいた時間はとても少ないけど、お父さんが怒らない人だってことは知ってるつもりなの」

父は苦笑し、

「そうすると、俺はなんだか感情のない、でくの坊みたいだな」

と言った。そういう父の表情には、いっこうに、気を悪くしている気配もなかった。

「でくの坊なんて、そんな意味で言ったんじゃないの」

「じゃあ、神経の二、三本が切れてるのかな」

「違うわ。怒りの種が湧いてきたら、お父さんは、なんだかうまい具合にそれをまるめこんで、ポケットにしまって、芽が出ないうちに、どこかへ捨てちゃうの。ごめんね。世間知らずのくせに、なまいきなこと言って。でも、私は、そんなお父さんをすごく好き。私、お父さんを大物だと思ってるんだから」

と志穂子は本心からそう言った。

「そんな高い評価を下してくれたのは、志穂子が初めてだな」

父は照れ臭そうに頭頂部の髪を撫でつけ、それから、笑みを消すと、真剣な表情で言った。

「いま、志穂子は、自分のことを世間知らずと言ったろう？　確かに、表面的にはそうかもしれない。銀行のキャッシュレスカードをどうすれば現金に換えられるのかは知らない。どうやったら住民票を取れるのかも、電車の定期券をどうやって発行してもらうのかも知らんだろう。だけど、そんなことは、一度誰かに教えてもらったら、すぐに覚えてしまう」

志穂子は、父が何を言いたいのかわからなくて、小首をかしげて父を見つめた。

「でもね、お父さんは、志穂子くらい世間を知ってる娘はいないと思ってるんだ。お父さんも、昔、一年半ほど入院生活をおくったことがあるからわかるんだ。たくさんの病人たちが入院生活をつづけてる病院のなかは、ある意味においちゃあ、世間を凝縮させた世界だと思うね。あれほどの生《なま》な人間社会はないよ。たった四人しかいない病室のなかにも、上下関係が生まれて、友情もやっかみも次から次へと生じてくる。しかも、あそこでは、きのうまで喋ってた人が、きょうは冷たくなってる。病人たちばかりじゃない。たくさんの医者や看護婦や、事務員や賄《まかな》い婦や掃除をする人たちがいるんだ。その人たちの、それぞれの確執も見えてくる」

そこで父は一呼吸おき、水を飲んでから、

「志穂子は、そんなところで六歳から二十三歳まで暮らした。俺は、志穂子ほど世間を見てきた娘はいないと思うよ。人間の生き死にが渦みたいになってるところで、志穂子は十八年間も、いろんな人間を見てきたんだ。世間知らずなんかじゃないよ」

と言った。そしてまた水を飲んだ。

「だから、俺は、志穂子に関しては何にも心配してない。体のことだけが心配だ。でも、よほどの無理か不規則な生活をしないかぎり、再発なんてしないさ」

その父の言葉で、志穂子はなんだか精一杯、父に甘えてみたくなった。けれども、どのように甘えたらいいのか、とっさに思いつかなかった。

父は腕時計を見やり、

「お前の言うとおり、俺は少し喋りすぎたな。なんだか喋りつかれて、舌がうまく動かなくなったよ」

と言って、グラスの水を飲み干した。

志穂子と父は、喫茶店を出ると、通りがかりの若い女性に場所を教えてもらい、イタリア製のブランドで有名なブティックに行った。どれも、志穂子が予想していたよりも五倍近くの値段がついていた。

「うちの女子社員どもは、こんな高い服を着てるのかねェ。彼女たちの月収の三倍近いよ」

まかせておけと胸を叩いたくせに、父は値札を見て、あきれたようにつぶやいた。

二軒目のブティックで、志穂子も気に入り、しかも他の品よりも比較的安いスーツをみつけたので、それを買ってもらった。

「えーと、次は、この服に合う靴とハンドバッグだな。それから、アクセサリーは何がいいかな。イヤリングぐらいはしとかないとね。手首に巻くやつ、あれは何て言うんだっけ」

父の、弾んだような言い方が嬉しくて、志穂子は同じ店に置いてあった緑色のイヤリングを選んだ。ツーピースは濃い緑が基調になっていたので、それに合わせたのだった。

別の店で、かかとのあまり高くない靴を買ったころには、日は沈みかけ、通りには若い男女の数が増した。

父は、寿司を食べて、それから家に帰らないかと提案したが、志穂子は父が使った金額を計算し、

「さすがに疲れちゃった。家に帰って、少し横になりたいわ」

と言った。

父の志郎は、大きくうなずき、

「さて、志穂子は、その梶井さんと逢えるかな?」

とひやかすように言って、地下鉄の駅へと歩きだした。志穂子が何も答えないうちに、父は、

「どんな人だろうね。プロの歌い手だから、やっぱり芸能人と呼ぶべきだろうけど、俺はその世界の人間は、とんと見当がつかないよ。見た目は派手な世界だけに、逢ってみると意外に地味で、ごく普通の青年かもしれないな」

と言った。

「〈サモワール〉の曲は、ほとんど梶井さんが作詞・作曲してたんですって。CDのジャケットに梶井さんの顔も載ってるわ」

「歳は幾つなんだ?」

と父は訊いた。

「二十八か九。もしかしたら三十歳かもしれない」

「その〈サモワール〉ってグループのCDを志穂子は持ってるのか?」

「三枚持ってる。でも、〈サモワール〉のアルバムは、三枚しか出てないの。三枚出た時点で解散したんでしょうね」

父はふと足をとめ、路上に視線を落としたあと、

「その絵葉書のこと、お母さんに話してあげなさい。まあ、たぶん大袈裟に騒ぎまくるだろうし、いろいろと気をもんで心配するだろうけど、それもまた親孝行だ」

と言って微笑んだ。父は、大きく笑うときよりも、ほのかに微笑むときのほうが、目が細くなるのだった。志穂子は、父の言うとおりにしようと思い、

「うん、お母さんにも言うわ」

と応じ返した。

「俺には内緒にしてあるってことにしといてくれ」

父は、そう言ったあと、貴金属店に入り、細い十八金のブレスレットを志穂子に買ってくれた。

家に帰りつくなり、母のむつみが玄関口まで小走りに出て来て、どうして途中で一回ぐらい電話をかけてこないのかと志穂子をなじった。本当は漢字で〈睦美〉と書くのだが、親がつけたその名が気に入らなくて、自分で勝手にひらがなに変えてしまったのだった。

背が高くて痩せていて、声が甲高いので、若いころは〈オリーブ〉と呼ばれたらしい。いまでも、昔の友だちは、むつみのことを〈オリーブ〉と呼んでいる。漫画のポパイの恋人・オリーブそっくりなのだった。

「心配で心配で、警察に捜査願いを出そうかと思っちゃったわよ」

と母は言って、父の背広の上着を脱がせると、敏捷な動きでカーディガンを着せた。とにかく、あきれるくらいせっかちなのだった。ゆっくり歩いても充分間に合うときでも、小走りで行かないと気が済まない。家のなかでも外でも、それは変わらない。

そんなに早口で喋らなくてもと思うくらい、どんなことを喋るときでも早口で、そのために吃《ども》ったり言い間違えたり、舌を噛んだりすることもしょっちゅうだった。

いつも何かをしていないと気が済まないので、五年ほど前は果実酒造りに凝って、朝から晩までクコの実を洗い、梅の実を洗い、大蒜《にんにく》の皮をむき、花梨《かりん》の皮を拭いていた。作りすぎて誰も飲まないまま、それらの容器は台所にあらたに取りつけた五段の棚にぎっしり並んでいる。

二年前から、有機野菜づくりに凝り始め、庭の半分を畑にしてしまって、大根、なすび、胡瓜《きゆうり》などを栽培し、それは目下、最も母が熱中する作業であった。

「ねェ、どんな服を買ったの？」

十畳ほどの居間のソファにぐったりと坐り込んだ志穂子に、母は訊いた。

「袖丈が長かったから、寸法直しをしてもらってるの。濃い緑色のツーピース。派手なようで地味で、すごく素敵よ」

と志穂子は言った。

「幾らだった？　お父さん、けちだから、安物で誤魔化されたんじゃない？」

そのむつみの言葉で、ソファに腰かけて夕刊に目を通していた志郎が顔をあげ、

「失礼なやつだなァ。俺のことを、たとえ冗談でもけちだなんて言ったら、お母さんはいい死に方しないよ」

「だって、けちなんだもん。車を買い換えるときだって、もう二十万円出せば二〇〇

〇ccのが買えるのに、けちって一八〇〇ccのにしちゃったでしょう」

「この混雑する日本の道路で、二〇〇〇ccの車なんて必要ないからさ。それに二十万円じゃない。六十万円だ。税金とか附属品を入れたら、もっと高くなる。ガソリン代もくうし、無駄だからね」

けちだとか、優柔不断だとか、気がきかないとか、むつみは夫に好き勝手なことを言うが、志郎がそれに腹を立てたという話を、志穂子は聞いたことがなかった。

母が、イヤリングやハンドバッグや靴、それにブレスレットの包装紙をといているあいだに、志穂子は二階の自分の部屋に行き、ベッドに横たわった。

普段着に着替えて夕飯の支度を手伝おうと思うのだが、目を閉じると暗闇のなかに火花が散り、それはすぐに赤い雲みたいになって回転を始めた。

それが不快で目をあけると、こんどは天井が波打った。よほど神経が疲れたのだろうと思い、静かに起きあがって、服を着替えた。そうしながら、自分の二十四歳という年齢について考えてみた。

もし自分が健康に育ち大学を卒業していたとしたら、いまごろはどこかの会社に勤めて二年目を迎えることになる。仕事にも少し慣れ、給料の大半は遊びやお洒落に使い、年に一度は旅行に出たりして、ごく普通の生活を享受しているだろう。しかし、自分は、何もかもをこれから始めるのだ。すべて一から開始しなければならない。

志穂子はうなだれてベッドに腰かけた。そして、そんなふうな考え方に落ち込む自分を責めた。そんなふうに文句を言ったら、私はきっと罰があたる。もし病気がなおらなかったら、私はいまこの瞬間も、あの北軽井沢の病院で、長い一日を終わりかけることを示す黒っぽい朱色の空を眺めていることだろう。視界から浅間山が消えてしまい、あちこちの病室には空疎なさんざめきが生まれ、消灯の時間までの短い時間をそれまでよりはるかに長く感じさせる、希望のない、蛍光灯の光に照らされつづけていることだろう。

その時間には、入院患者の誰かが、妻のあるN医師と夫のあるA看護婦との秘密の情事に関する幾つかの情報をささやき、酸素ボンベなしでは一時間ももたないTさんの、預金通帳の驚くべき額について、まことしやかに噂しあう……。

生きようとしなくなった人にかぎって、下品な噂を捏造《ねつぞう》することに熱心だった。十年、十五年と入院生活をつづけている人はたくさんいた。入院と退院を繰り返す人は、三度目の入院あたりから、全身に世捨て人みたいな翳《かげ》をまといはじめる。そうなると、もうその人は、治ろうとする意志も気力も捨てて、いかにして病院のなかに自分の人生を作ろうかと考えていて、ふいに本性をむきだしにするのだった。

婦長におべっかを使い、自分の縄張りを作ろうと画策を始め、親切ごかしに重症の患者の世話を焼いてやりながら、それまでに存在した患者たちの派閥を分解しようとするか、あるいはその派閥のなかの優位な地位を得ようと、あざとく行動を始めるのである。

人生を捨てたはずなのに、そのような患者の多くは、病院における狡猾《こうかつ》な人生計画を練り、そこにちっぽけな巣を作ろうと努力する。健康なときには決して行わなかった涙ぐましい努力を、その人たちはやっと開始するのだった。

志穂子は、結核療養所でかかわった人々の顔を思い浮かべた。

あの人は、まだ医者が許可を与えていないのに、勝手に退院していったが、その後、どうしているだろう。

「結核なんてはやらない病気で、いつまでもこんな牢獄に入ってられないわよ。冗談じゃないわ」

そう吐き捨てるように言って、治りきっていないまま退院していく患者は多かった。その三分の二は、一年もたたないうちに舞い戻ってくる。

結核は先進国ではもう過去の病気だ……。そんな認識を持っているのは、一般の人ばかりではなく、若い医師のなかにも数多くいる。確かに、ヒドラジッドやエタンブトール、ストレプトマイシン、リファンピシンといった特効薬ができ、死亡率は減ったが、治すべきときにきちんと治しておかないと、菌はそれぞれの薬に対する耐性を持ち、やがてどんな薬も効かなくなる。それに、これは最近わかったことらしいのだが、人はみな人の結核菌に冒されるとはかぎらないのだった。豚や牛や山羊などの家畜が保持している結核菌に冒されると、人の結核菌を駆逐するために発明された薬はほとんど効かない。そのことを、志穂子は退院前に、主治医の浦辺先生から教えられた。

志穂子は、あおむけに寝ると気分が悪くなるので、体の右側を下にして横たわった。

長野県の蓼科《たてしな》で、乳牛の牧場を営んでいるKさんは、来月、私が検診を受けに行く日まで生きているだろうかと志穂子は目を閉じたまま思った。

Kさんは、もう二十三年間も、あの療養所で暮らしている。右肺は手術で切除したのだが、そのあとで左肺も冒されてしまい、いまKさんの肺は、握りこぶしほどしかないのだった。

Kさんは油絵を描くのが趣味で、志穂子は、一度、頼まれてモデルになってあげたことがあった。その絵は、椅子に坐る志穂子の上半身の、胸のあたりまで描き進んだが、それきり中断したままだった。

「この絵は、絶対に完成させせねェとな」

Kさんは、志穂子が病室を訪ねるたびにそう言ったが、他に何の楽しみもないKさんに、主治医は絵筆を握ることをついに禁止した。十五分おきに酸素ボンベのマスクを口にあてがわなければならなくなったからであった。

志穂子の退院が決まった日、看護婦が、Kさんからのメモを届けてくれた。

――べっぴんさんがいなくなるな。おめでとう――。

字は震えていたり、大きさがまちまちだった。その字を見たとき、志穂子は、Kさんの死期が近いことを思い知ったのだった。

志穂子は、いつのまにか眠りに落ちた。

階下から聞こえる妹の美樹の声で、志穂子は目を醒まし、志穂子は自分が蒲団もかぶらずに寝てしまったことに狼狽《ろうばい》した。風邪をひくことが一番怖かったからである。けれども、蒲団は志穂子の肩から下を覆っていた。父か母かが、かぶせてくれたのであろう。そう思って起きあがり、階段をおりて、居間へ入った。

「うたたねは駄目よ。きょうはあったかいといっても、まだ三月なんだから」

と母は言った。

「お母さんが蒲団をかけてくれたの？」

と志穂子は訊いた。

「私よ、私」

美樹が、テレビのニュースを観ながら、片手をあげた。

「ありがとう」

と礼を言い、志穂子はいったいどのくらい眠っていたのかと時計を見た。たった四十分ほどであった。

「お姉さんに電話があったわよ。伊達って人から」

と美樹は言った。

「伊達？」

「うん、ダテコと言ってくれたらわかるって」

「いつ？」

「十五分ほど前。またかけるって」

梶井のことで、何かわかったのかもしれないと志穂子は思い、

「またって、いつごろかけるって言ってた？」

と訊いた。

「いつごろとは言わなかった」

美樹はテレビの前から離れ、母親似の長身を忙しく動かして、階段の昇り口へ行き、そっと志穂子を手招きした。

「もうあのお母さんのいらだった歩き方を見てると恥ずかしくって」

と言っているくせに、身のこなしも喋り方も、美樹は母とそっくりなのであった。

「梶井さんと逢えた？」

と美樹は声をひそめて訊き、跳びはねるみたいにして階段を昇った。そして、また志穂子を手招きし、廊下をはさんで向かいあっている自分の部屋へ誘った。

「〈サモワール〉、解散しちゃってたの」

志穂子は妹のベッドに腰をおろして、そう言った。

「じゃあ、逢えなかったの？」

「すぐに逢えるとは思ってなかったし」

「でも、梶井さんにどうやって連絡したらいいのかはわかったんでしょう？」

その美樹の問いに、志穂子は、ロビンソンという喫茶店でのいきさつを話して聞かせた。

「行方不明？　へえ、それはミステリアスじゃない」

美樹は、ＣＤをセットして、ホロヴィッツのピアノを部屋に流し、志穂子の隣に坐った。

ダテコから聞いた話を、志穂子は妹に、父親似のゆったりした口調で語った。

妹の美樹は、幼いころから、周りの人たちに、からかい半分で〈古風な女〉と呼ばれていた。

ひどくさばけたところもあるが、潔癖な性分で、それは物ごころついたころから、美樹に、ときに子供らしくない頑固で意固地な、可愛気のない部分だけを浮きあがらせたりした。

けれども、志穂子は、妹の美樹の古風さを、貴重な美徳として好ましく思うことが、しばしばあった。

別段、両親は、美樹に対して厳しいしつけを押しつけたわけではない。それどころか、志穂子が病身で、家族と一緒に暮らせなかったため、不運な姉の代わりみたいに、したい放題に育てたのだった。

それなのに、美樹は、ケチではないが無駄遣いをしないとか、誰かに物をもらったら、必ず律儀に礼状を書くとか、新聞のチラシで、裏側に何も印刷されていないものは丁寧に切りそろえてメモ用紙に使うとか、家に訪れた客には、母に命じられなくとも、お茶をだすとか、そのほか、かぞえあげたらきりがないくらい〈古風〉なのだった。

「でも、〈サモワール〉のファンの残党て、意外に多いのよね。私、びっくりしちゃった」

と美樹は、CDの音量を小さくさせてから言った。

「とくに、梶井さんのファンは、いまでも〈梶井神話〉ってのをつくってて、〈サモワール〉ってグループよりも、梶井克哉の復活を本気で待ち望んでるらしいわよ」

美樹は、きょう、短大の友だちから、その話を聞いたのだと言った。

「あんな消え方をしたから、なんだか謎めいてて、昔のファンには、そこがまたたまらないらしいのよね」

その美樹の言葉に、

「私、お父さんに何もかも喋っちゃった」

と志穂子は言った。

美樹は、びっくりしたように志穂子を見やり、

「喋ったの？　お父さん、なんて言ってた？」

と訊いた。

「梶井さんからの絵葉書も見せたの。お父さん、何回も、葉書を読んで『そうか、お父さんも、この梶井さんに感謝しなきゃいけないな』って言って、いつもの調子で笑ってた」

「なあんだ。それじゃあ、秘密じゃなくなったのか。私、お姉さんの秘密の片棒をかついで、私は私で楽しんでたのに」

「楽しむって？」

「だって、私、男の人から、あんな葉書をもらったことなんか一度もないし……。しかもひとめ惚れしましたって文章でしょう？　梶井さんは、歌いながら、聴いてるお姉さんにひとめ惚れなのよ。なんだか、ミステリアスだから、やっぱり秘密にしとくもんよ」

と美樹は、幾分不満そうに言った。

「お父さんたら、お母さんにも、葉書のことを打ち明けたほうがいいって言うの」

志穂子は、美樹の口から出た〈秘密〉という言葉がここちよくて、美樹の視線から逃げるみたいに顔をドアのほうへ向けたまま、そう言った。

「お母さんに？　だめよ、そんなことをお母さんに喋ったりしたら、もう大騒ぎになるのは、目に見えてるじゃない」

「でも、お父さんには、何か考えるところがあるんだと思うの」

その志穂子の言葉に、美樹は大きく溜息をつき、

「お父さんの考えに、何もかもまかせちゃうの？」

と言った。

「お姉さんは、もう病気じゃないのよ。それに、もう二十四歳なのよ。親に喋れないことを、三つか四つは作らなきゃあ。そうしないと、お姉さんに本当の社会復帰はないと思うな」

「社会復帰？」

志穂子は、その言葉がなぜか嫌いだったので、あえて美樹と目を合わせないようにして、

「私に社会復帰なんてないわ。だって、一度も社会に出たことはないんだもの。私のなかのカレンダーは、六歳のときから先に進んでないのとおんなじよ」

「ほんとに、そう思ってる？」

なんとなく意地の悪い口調で美樹が訊いた。美樹は、志穂子が口を開く前に、

「お姉さんは、私なんかよりもずっと世間を知ってるわよ」

と言った。それと同じことを、きょう、父にも言われたなと志穂子は思った。けれ

ども、それは買いかぶりというものだ。確かに、病院というところは、社会の縮図と言えば言える部分もある。だが、社会そのものではない。部分は、どこまで行っても部分でしかない……。志穂子は、やはりどうしてもそう考えてしまうのだった。

「私が病院で覚えたことは、他人の顔色をうかがうことと、人間には理不尽なことがどんなに多いかってことだけ。でも、私みたいに、十八年間も、それも人生で一番元気で跳びはねたい時代に、病院で生活しなきゃあいけなかった人間は、いつのまにか、理不尽なことに腹をたてなくなるの。何もかもをあきらめちゃうの。あきらめきれないときが二、三年つづいたら、あとはもう、あきらめきれないってこと自体が理不尽に思えてくるわ」

志穂子は、自分の言い方が、ほんの少しの怒気を含んでいることに気づかなかった。

しかし、美樹は、そんな志穂子の機嫌を取りなすかのように、

「生還者ね、お姉さんは」

と言った。社会復帰ではなく、生還したのだ……。美樹はそう言い直した。

志穂子には、長い入院生活で見たもののなかに、誰かに話したい事柄が無数にあった。

しかし、その無数のなかの、たったひとつの事柄を話して聞かせることさえ、志穂子の体力には余りあるのだった。

生涯を病院で暮らす決心をした患者が、病院の近くの畑を借りて、小さな菜園を作る。医者も看護婦も、その菜園のなかで何が栽培されているのかを知らない。大根やなすびや胡瓜が、丹精こめて作られていると思っている。だが、そうではない。

その患者は、自分の体力を考慮しながら、しかも一見、いかにも生きがいを見いだしたかのように振る舞いながら、じつは、耕せば耕すほどはびこりつづける虚無や理不尽な運命や、恨みや怒りや悔しさを栽培しつづけているのだった。

だから、志穂子は、そんな患者がおすそわけしてくれる野菜を食べたことはなかったのである。

――こんな哀しいものを作らないで――。志穂子は、いつも、喉元まで出かかったその言葉を抑えるのに苦労した。自分は、あきらめてしまっているが、そのあきらめを、レース編みに凝ったり、点字を習ったり、野菜を作ったりすることで誤魔化したりは決してすまい。あきらめたのだから、何もしないで、自分の命が尽きるのを待てばいい。

志穂子がそんな考えを抱いたのは、十五歳のころからであった。自分は、もうなおらないのだ。なしくずしに、自分は滅んでいくのだ。それはそれで仕方がない。自分は、病気と闘いつづけて、とうとう病気のしつこさに降参したのだ。闘っても闘っても勝つことのできない敵に、自分はもう疲れきってしまった……。そんな自分に、毎月、規則正しく生理が訪れる。それこそ、理不尽というものだ。自分の体から流出するものは、一生を病院で生きることを決めた患者の作る野菜のようなものだ……。

そんなふうに考えていたころの自分をふと思い浮かべ、

「こんな誰でも口にする、ありきたりの、使い古した言葉を、私、何べん心のなかで言ったかしれないわ。『人間は、何のために生まれてくるんだろう』って。でも、一年も入院生活をしてたら、どんな人間もそう考えるわ」

と志穂子は言った。言ってから、自分がいったい何を言いたいのかわからなくなった。

誰かに話したい無数の出来事が、志穂子に、思慮深さや、他者への愛情や、年齢に不相応な寛容さを与えたことを、志穂子はまるで気づいていなかった。

そして、妹の美樹が、誰よりも先に、志穂子のそんな人間性を知っていることにも気づいていないのだった。美樹は訊いた。

「もし、梶井さんと逢えて、そのとき、梶井さんが、いまでもお姉さんを好きだったりしたらどうするの？」

その美樹の問いは、今夜が初めてのことではない。志穂子が退院し、帰宅して十日ほどあとに、それまで誰にも内緒にしていた絵葉書のことを美樹に打ち明けた際、美樹はその問いを口にした。絵葉書に関する話題がのぼるたびに、美樹は必ず、言い方は異なっても、同じ質問を発するのだった。

「わからないわ。ほんとに、どうしたらいいのかわからない……。だって、人の心は変わりやすいし、私は、梶井さんのことを、ほとんど何も知らないのとおんなじだもの」

志穂子は、これまでと同じ答えを力なくつぶやいた。

「志穂子、また寝たの？」

階下から母の声がした。

「起きてるのなら、晩ごはんを食べなさい」

はーいと返事をして、志穂子は美樹のベッドから立ちあがった。部屋を出て行きかけた志穂子に、

「私、絶対にお姉さんの味方だから」

と美樹が言った。

「味方って？」

「お姉さんをいじめるやつから、私、絶対にお姉さんを守ってあげる」

「私をいじめる人って、梶井さんのこと？」

「もし、梶井さんが、ほんの遊び心で、あんな絵葉書を出したってことがわかったら、私、梶井さんをこらしめてやるわ。お姉さんに、いいかげんなことをしても、私、梶井さんをこらしめてやる」

美樹はそう言うと、照れ笑いを浮かべ、机の前に場所を移した。

「あさってまでに、レポートを提出しなきゃいけないの。六百ページの本を原書で読んで、それについての自分の考え方を、三十枚のレポート用紙にまとめて、五日以内に持ってこいなんて言う教授は、もうサディストだわ」

美樹はそう言いながら椅子に坐り、大きな溜息をついた。志穂子は、そんな美樹をうらやましく思った。自分も、勉強というものに追われてみたかった。

階段を降りかけ、志穂子は、美樹に頼んでいたことがあるのを思い出し、美樹の部屋のドアをあけると、

「ねえ、教科書、買って来てくれた？」

と訊いた。もう一度、高校生の教科書を使って、勉強をしなおしたかったのであ

る。

「うちの大学の助教授に相談したら、百科辞典を全部読んだらどうかって言われたわ」

と美樹は言った。

「大学の検定試験を受けるんじゃないんだったら、高校の教科書を勉強するよりも、百科辞典を読んで、いい小説を何冊も読みなさい、だって」

なるほど、それはひょっとしたら、じつに適切な指導かもしれない。志穂子はそう考えたが、自分も大学に行きたいと思う気持ちは強かった。

しかし、そんなことは、実際には不可能に近いだろう。父も、年齢や費用のことなど心配せずに、大学受験に挑戦したらどうかと勧めてくれたが、中卒の資格しかない自分が、これから勉強しても、大学受験のための検定試験に受かるまでに何年もかかる。それから大学の入試を受け、かりに合格しても、もう四年間の大学生活がある。順調に事が運んでも、自分の夢を果たすには、十年くらいかかりそうだ……。

そう思いながら、

「百科辞典か……。お父さんのが、居間の隅の本棚に眠ってるわね」

と志穂子は言い、美樹に小さく手を振って、階下に降りた。

食事の最中、志穂子に電話がかかった。ダテコからであった。

「あのねえ、別のルートからの情報なんだけど、梶井さんは長野県にいるみたい」

とダテコは大きな声で言った。電話口からは、大勢の人々の笑い声や語り合う声がひとかたまりになって伝わってきた。ダテコは、いま、アルバイト先の焼き鳥屋から電話をかけているのだと言った。

「アパートに帰ってからだと、志穂子はもう寝ちゃってるでしょう？　あしたの昼に電話しようと思ったんだけど、早く教えてあげたかったのよ。迷惑だった？」

「迷惑なんかじゃないわ。忙しいのに、わざわざ電話してくれてありがとう」

「どうも信憑性のある情報なのよね。だから、私、あしたにでも確かめてみて、また電話をかけるわ」

とダテコは早口で言った。

「長野県のどこなの？」

と志穂子は訊いた。

「蓼科のあたりらしいの。私、蓼科って、長野県のどのへんなのか知らないんだけど、軽井沢よりも高い場所なんだって」

「蓼科は、軽井沢から車で一時間半くらいのところよ。新しい別荘地が開発されて、温泉もあるわ」

　と志穂子は言った。

「あのねえ、あくまで情報だから、まだ言いにくいんだけど、梶井さんは、いま女の人と暮らしてるみたい」

　ダテコは、実際、言いにくそうに声を落とした。

　志穂子は、知らんふりをしながら台所で聞き耳をたてている母をちらっと見やり、

「結婚したのかな……？」

　とダテコに訊いた。

「それもあした探ってみるけど、私の感じでは、結婚したんじゃないと思う」

　ダテコは、そう言って、あわただしく電話を切った。

　志穂子は何事もなかったように食卓に戻り、食事をとった。なんだかふいに、涙が出てきたので、いかにも喉に物を詰めたふりをして誤魔化した。

第二章　薪ストーブ

　夕暮れ時から夜中の二時過ぎまでかかって、梶井克哉はひとりで店の掃除を終えた。

　店の広さは五坪で、中央にコの字型のぶあつい檜《ひのき》で作ったカウンターがあり、玄関のドアをはさんで左右に六人掛けのテーブルがひとつずつ置いてある。

　店の北側の深い沢に面した窓の下には、年代物の薪《まき》ストーブがあって、それはときに七月の終わり近くまで使う場合もある。万里《まり》の母が経営するベジットというレストランは、五月の最初の連休から十一月の半ばごろまで店をあけているが、梶井は、誰もいなくなる真冬の蓼科でこの冬を暮らした。

ベジットの隣には、まるで商売仇みたいに、イタリア料理店のカルバティーニがあるのだが、経営者は万里の母なのであった。

商売の才覚に秀でた万里の母は、ぽつんと一軒だけ建っている店には客がこないという自説を曲げず、菜食料理専門のベジットを開店する際、隣にイタリア料理店も作ったのだった。けれども、ベジットとカルバティーニが同じ人間によって経営されているのを知っているのは、この近くの喫茶店やレストランの経営者たちと、地元の役所の連中だけである。

ベジットもカルバティーニも、ともどもに繁盛している。梶井は日本に帰って来て三ヵ月目に、ベジットの調理場で働くようになり、軒つづきに作られた六畳ほどの部屋を与えられて、そこで暮らしはじめたのだった。

梶井は、どんなに忙しいときでも、客の前には姿をあらわさなかった。万里も、万里の母親も、梶井の事情に理解を示して、彼が客たちの前に顔を出さずにすむよう配慮してくれているのだった。

梶井の仕事は、コーヒーや紅茶をたて、ミルクを沸かし、ジュースを作ることだった。

しかし、去年の夏からは、万里に教えられて、幾種類かのサラダを作れるようになったし、トマトソースやグリンピースソースの作り方も覚え、スパゲティの茹《ゆ》で方も知って、ベジットにおける重要な働き手となった。

梶井は、一息ついて、薪ストーブの前に坐り、煙草を吸った。丸五日間、誰とも言葉を交わしていなかったが、ついさっき、松本市内に住む万里から電話がかかってきて、十分ほど話をしたばかりだった。

一人暮らしで不自由はないか、とか、いま外は何度くらいか、とか、万里は他愛のない話題の底に、はっきりとわかるじれったさを押し殺して、梶井の心を量《はか》ろうとしたのだった。

梶井は、〈サモワール〉時代に、北軽井沢の病院で、江崎万里を見て、ひどく心を魅かれ、看護婦のひとりに、あの藤色のガウンを着ている女性は何という名かと訊いた。

何をどう間違えたのか、看護婦は梶井に別の女性の名を教えたのだが、梶井が万里をそっと指差して、もうひとりの看護婦に念を押すと、松本の旅館の娘だと答えたのだった。

梶井は、日本に帰ってから、とうとう我慢しきれなくなって、北軽井沢の病院を訪ね、そこで、自分が別の女性に絵葉書を送ったことに気づいた。

天野志穂子を訪ねて行った梶井に、事務員は、病院の中庭へとつながる道を散歩している女性を指差して、

「ああ、志穂ちゃんなら、そこにいますよ」

と言った。梶井は驚いて、いや、あの人ではなく、松本の旅館の娘さんだがと訊いた。

「松本の旅館？　ああ、江崎万里さんですね。江崎さんは退院しましたけど」

と男の事務員はいぶかしげに答えた。

これはとんでもないことをしてしまった……。梶井は、窓の向こうを歩きながら遠ざかっていく天野志穂子のうしろ姿を正視できないまま、江崎万里の住所をひどく狼狽した声で尋ねたのだった。

そのような過ちを犯したとなれば、すみやかに当初の目論見《もくろみ》を捨てて、江崎万里のことなどきれいさっぱり忘れてしまうのが賢明であるのはわかっていたのだが、梶井には他に身を寄せる場所がなかった。

病院の中庭に設けた観客席の最前列で、この自分を凝視していた藤色のガウンの女は、あきらかに顔のすべてから信号を発していた。私、ただのファンではないのよ。

触れてごらんなさい、すぐに落ちるわ……。そんな信号であった。

しかも梶井は、熱を帯びた視線を送ってくるその繊細そうな、日本人にしては小さすぎるほどの顔をした女に、かつてない神秘性を感じてしまったのである。

だが、その二十三、四歳の女は、結核で入院している。まさか、結核病棟に身を寄せるわけにはいかないな……。梶井はそう思いながらも北軽井沢の病院へ行き、そこで自分がとんでもない間違いをしでかしたことと、江崎万里が退院したことを知ったのだった。

「リズムが狂っちまってるんだよな、この俺は」

梶井は、ストーブに薪をくべて、霧がうねっている夜中の蓼科高原に出た。さっきの電話で万里に訊かれ、

「ひょっとしたら零下になってるかもしれないな」

といいかげんに答えたのだが、案外当たっていそうな気がして、寒暖計を見た。外は零下一度だった。

息を吐いてその白さを確かめ、梶井はときおり通る車が残していったアスファルト道の轍《わだち》を見つめた。夜霧は薄い霜に変わり、車のタイヤの跡が灰色に光っていた。

梶井が身を寄せたベジットは、蓼科温泉から南へ一キロほど行ったところにあり、

周辺には、小さな別荘とか会社の保養所、幾つかの大学の〈夏の家〉が建っている。標高は一四〇〇メートルで、西側に霧ケ峰、南東側に八ケ岳があるのだった。

梶井は寒暖計を持って店のなかに戻り、カウンターの前に腰を下ろすと、もう半年も前に書きだして、中途でペンが進まなくなった手紙のことを思いだした。

「どうしようかな」

彼は胸の内でつぶやき、苦笑いを浮かべた。どうしても書かねばならない手紙なのか、それとも放っておいたほうがいいのか、彼には皆目判断がつかなかった。

それは、天野志穂子への手紙であった。リスボンから送った絵葉書は、じつはこちらの間違いで、あなたに宛てたものではない。何と謝罪したらいいのか言葉もないが、ひたすら無礼をお許し願いたい……。

そんな内容の手紙を、梶井は天野志穂子に、やはり送付しなければいけないと思いつづけてきた。

顔も覚えていない女……。うしろ姿をちらっと見ただけの女……。しかし確かに、あの日の病院でのコンサートで〈サモワール〉のコーラスを観て、聴いていた女……。この俺からの、まさしく恋文としか言いようのない絵葉書を受け取った女……。彼女は、この梶井克哉が自分に好意を抱いていると錯覚しつづけている……。

「どっちも傷ついちゃうぜ、まったく……」

と梶井は声に出して言った。

まさか看護婦が故意に江崎万里と天野志穂子の名を間違えたはずはないだろう。それにしても、どうしてあんな間違いが生じたのだろう。天野志穂子も、あの日、藤色のガウンを着ていたのであろう。

梶井は、病身の若い女を愚弄してしまったという罪悪感と、惚れてもいない女から、この自分が惚れていると誤解されている腹立ちを、もう何ヵ月も抱きつづけてきたのだった。その二つの心を天秤にかけると、前者のほうが重くなるときと、後者に大きな比重のかかるときとがあった。

今夜は前者のほうだった。梶井は、やはりこちらの失態を詫びる手紙を出そうと思った。それが、どんなに相手を傷つけようとも、間違いを間違いのままにしておくほうが失礼だと思った。

「よし、書くぞ。書かなきゃいかんよ。まったく俺が悪いんだからな」

彼が低い声で自分に言い聞かせ、便箋を取りに行こうとしたとき、店の電話が鳴った。

寝たふりをして出ないでおこう。梶井はそう考えて、別棟の自分の部屋に行きかけたが、電話の音はしつこく鳴りやまなかった。

梶井は、うんざりしながら受話器を耳にあてた。

「もう寝てた？」

と万里は鼻にかかった声で申し訳なさそうに訊いた。

「うん。ベッドに入って、うつらうつらしてたよ」

と梶井はいかにも眠そうに言った。

「さっき、電話を切ったあとで、お母さんが起きてきて、あんたたち、いったいどうするつもりなのって訊くの」

と万里は言い、梶井の言葉を待たずに、わざとらしく鼻にかかった声に媚《こび》をくわえた。

「克哉さんも、もう身を隠す時期は終わったんじゃないかしらって」

「ヤマキ・プロダクションの社長は、そんなに甘い男じゃないよ。一見、人が好さそうに見えるけど、金に対する執着は蛇みたいなんだ。あいつは、同時に二つのものを突然失ったんだぜ。〈サモワール〉っていうコーラスグループと、樋口由加っていう惚れた女の二つだよ。俺は、矢巻って男をよく知ってる。矢巻に代わりのものが出来ないあいだは、いつまでも俺に仕返しをするチャンスを狙ってるんだ」

その梶井の言葉を予想していたかのように、

「お金で片《かた》がつくんだったら、一日も早くそうしたらいいんじゃないかって、お母さんは言ってたわ」

と万里は声をひそめて言った。

ああ、もうほんとに、うっとうしい女だなァ……。梶井は、なぜ万里のような女に魅かれたのかと悔やみつつ、そう思った。その、わざと声を鼻にかけて喋るのはやめてくれないか。中学生じゃあるまいし、甘えたふりなんかしないでくれ。俺は、そんな喋り方をするお前が、うっとうしくて仕方がないんだ。

しかし、梶井は、いま万里と別れたら、俺には生きる術《すべ》がないのだと思い、

「とんでもない金を要求されるぜ。〈サモワール〉とヤマキ・プロダクションは、五年間の契約を結んでたんだ。法的に効力を持つ契約なんだ。その契約書を交わして一年で、俺と樋口由加は逃げだしたんだ。〈サモワール〉のコンサートやホテルでのライブは、いつも満員で、スケジュールは三年先まで決まってた。矢巻は、その分の利益を要求するよ」

と言った。

「私のお母さんも凄腕よ。お母さんにまかせたら？」

「そんなわけにはいかないよ」

「どうして？」

「俺が、〈サモワール〉の他のメンバーの迷惑も度外視して、とりあえず日本から姿を消したのは、まったく俺個人の問題だからね。そのことは、万里も、万里のお母さんもまだ本当に信じたわけじゃない。梶井克哉は、樋口由加って女を、自分ひとりのものにしたくて、あとさきも考えずに日本から飛びだした……。そう思ってることは、俺にはわかってるんだ。でも、そうじゃないんだ。その証拠に、俺と由加は、チューリヒで別れた。一緒に飛行機に乗ったのはまずかったけど、あのときはああするしかなかったんだ」

「私もお母さんも、克哉さんの言葉を信じてるわ」

こんどは、いやに上から見下すような口調で万里は言った。

何かにつけて神経にさわる女だな……。梶井は、自分のうんざりした顔をガラス窓に映し、それに見入りながら、受話器から聞こえてくる万里の言葉を聞いていた。

「お母さんのやることに失敗はないの。ほんとよ。いままで、お母さんが決断して実行したことでうまくいかなかったことなんて、ひとつもないんだもの。お母さんて、ある種の天才なの」

と万里は言った。

失敗しない人間なんているもんか……。梶井は胸のなかで言い返したが、口では適当に相槌を打った。

「うん、そうみたいだな」

「もしお父さんが生きてたら、松風閣も、ただの古いだけの旅館で終わってたし、蓼科や軽井沢に五軒もお店を持つなんてことはなかったと思うの」

「まあそうかもしれないな」

けれども、文化財として保存しておいてもいいほどの、建ってから百三十年もたつ総檜造りの松風閣は、門柱と玄関の一部だけ残されて、宴会客相手のコンクリートの建物に変わったじゃないか。昔の松風閣は、もう二度と甦ることはないんだ……。

梶井は、以前、万里から見せてもらったかつての松風閣という旅館の、質実で堂々とした木造建築を思い浮かべた。

「私、克哉さんは潔癖すぎると思うの」

幾分口ごもったあと、万里はそう言った。やっと本音が出たなと梶井は思った。

「潔癖すぎるって？」

と梶井はわかっていながら訊き返した。

「具体的に、どんな点が潔癖すぎるっていうんじゃないわ。やることなすことが全部潔癖すぎるんじゃないかなって気がするんだもの」

と万里は、いっそう鼻にかかった声で、まどろっこしいくらいにゆっくりと言った。

俺は、逢って三日目に、お前って女にうんざりしたんだ。でも、相手を間違えたにしても、お前に宛てたつもりでリスボンから絵葉書を出したのは、つまり麻雀にたとえると、安全牌《パイ》を握っておきたいって気持ちもあったからなんだぜ……。

梶井は、大阪ナンバーのトラックが、濃い霧のなかを極端にスピードを落としたまま通りすぎていくのを目で追った。大阪や名古屋から、小諸とか軽井沢方面へ向かうトラックのほとんどは、蓼科を通らず、下諏訪《しもすわ》から国道一四二号線に入って、和田峠を越えて行く。蓼科は海抜が高く、荷物を積んだトラックのエンジンには少し苛酷なのである。

梶井は、潔癖すぎるという表現で、万里が何を言いたいのか、よくわかっていた。愛情を伝える言葉を何度も口にしながらも、梶井は万里の体を求めたことは一度もないのだった。

「俺寝るよ。もう三時だぜ」

と梶井はあえて優しい口調で言った。

万里はいつも梶井の意志に対して従順をよそおっていたので、彼が電話を切ると言えば、不満をこらえて、あっさりとそれに応じるのだった。

「お母さんの意見、克哉も真剣に考えてみてね」

そう念を押して、万里は電話を切った。

梶井は、ガラス窓をあけ、雨戸を閉めると、戸締まりを確認し、店内の明かりを小さくして薪ストーブの前に坐った。さっきくべた薪が火勢を増して、ストーブの蓋の隙間から、笹の葉に似た形の炎がこぼれていた。

梶井は上半身を前のめりにさせ、膝のところに自分の肘を置き、頰杖をついてその炎を見つめた。

事前にたくらんだわけではないが、結果として、由加を助け、彼女に新しい道をひらいてやることができて本当によかった……。

この半年近く、ほとんど毎晩、この薪ストーブの前に坐り、顔がこげるほどストーブに近づいて、梶井は自分にそう言い聞かせてきた。この先、どうなるかはわからないにしても、由加の夫となった香港の宝石商は、由加との家庭を大切にしてくれそうだった。

「スイスのチューリヒで、香港の宝石商の御曹司《おんぞうし》がひと目惚れしてくれて、まさかそいつと結婚するはめになるなんて、あいつは夢にも思ってなかっただろうな」

まるでストーブに話しかけるみたいに、梶井は言った。すると、ごく自然に微笑が湧いた。

「あいつ、日本から逃げだす前は、もうずたずたになってたもんな」

憔悴《しょうすい》し、大きな目だけぎらつかせて怯えていた樋口由加を思い浮かべ、梶井は彼女と一緒に暮らした一年半ほどの生活をなつかしんだ。

〈サモワール〉というコーラスグループは、梶井が大学三年生のとき、由加の発案で結成された。結成といっても、そんなに大袈裟なものではなく、同じ大学で音楽好きの、それも自分が歌いたいと思っている友人六人が集まりおもに梶井が作った歌を自分たちのレパートリーにすることを決めて、渋谷のカフェバーで、グループの名を〈サモワール〉と名づけ、そのあとビールで乾杯したのだった。

当初は六人だったが、そのうちの二人は、梶井たちよりも年長で、ともに就職試験を受けて、卒業後は堅い業種の会社に就職した。

残った四人で〈サモワール〉の活動をつづけたが、彼等が大学四年生になったときも、まだアマチュアの学生グループにすぎなかった。

グループのうちで由加以外は、卒業して就職することを考えていたくらいで、〈サモワール〉がプロのコーラスグループとして世に出るとは想像もしていなかった。ただ、自分たちのコーラスは、相当なレベルに達しているという自覚だけを持っているにすぎなかった。

その自負が、四人のメンバーのそれぞれの心に妙なたかまりを作ったのは、学生生活最後の夏休みに入ったころだった。

卒業までに、〈サモワール〉の曲をレコード化しようという気運が四人のあいだに生じ、そのためには相当まとまった費用が必要だったので、何度かもちかけられていたアルバイトを引き受けることにした。それは、スタンダードジャズを歌うあるベテランの女性歌手のバックコーラスを務める仕事だった。

それまでそのアルバイトを断りつづけたのは、樋口由加が頑として首を縦に振らなかったからである。——自分たちは一枚看板をはれるグループで、がちょうや十姉妹《じゅうしまつ》みたいに、他人の歌のためにさえずりたくはない——。由加はそう言っていたのだった。

けれども、〈サモワール〉のナンバーを、ちゃんとしたアルバムとして残しておきたいという気持ちは、由加が最も強く抱いていたので、背に腹は替えられなくなり、ホテルのディナーショーを十回と、名古屋と大阪での四回のコンサートにおけるバックコーラスを務めた。その仕事が、あと二回のステージで終わるという日、〈サモワール〉のための楽屋に、あるレコード会社のプロデューサーとヤマキ・プロダクションの社長が訪ねてきて、〈サモワール〉を本格的なプロのコーラスグループに育てあげてみせるから、まかせてくれないかともちかけたのだった。

世の中のことなんかまるでわからない四人だったが、年齢のわりには地に足のついた考え方をするほうだったので、四人は即答を避け、四、五日考えさせてくれと答えた。

「俺たちは、もうガキ相手の、ド素人のタレントを相手にしたくないんだよ」

ヤマキ・プロダクションの社長は、そう言って帰っていった。

梶井は、もとより専門的に作曲の勉強をしたわけではない。伯母がピアノの教師だったので、小学校二年生のときから八年間、姉と一緒にピアノを習ったが、高校二年生になると、大学の受験勉強のためにやめてしまった。もともと音楽が好きだったので、べつだん親に強制されたわけではないが、八年間も、伯母のピアノ教室に通いつづけたのだった。

由加も小学校三年生のときから、声楽を習っていた。けれども、音楽大学に進まなかったのは、由加が高校生のときに、自分には才能がないと強く思い込んで、他のものに突然興味を向けたからである。それは数学であった。彼女は、たいして勉強もしないのに、小さいころから成績がよく、とりわけ数字や記号をこねくりまわすのが好きだった。大学で徹底的に数学を学び、数学者になりたいという望みを抱いて、大学の理学部に進んだのだった。そして梶井たちと知り合い、ほんの思いつきで〈サモワール〉を結成したのだった。

他の二人のメンバーも、何等かの形で、音楽とは縁が深かった。室井洋介は、高校生のときにロックバンドを作り、楽器メーカーが主催するコンテストのドラム部門で、関西地区の準優勝者になった。水野みどりは、熱心なカトリック教徒で、小さいときからずっと、教会のコーラス員として歌いつづけてきていたのだった。

だが、室井も水野も、それぞれ一人息子、一人娘で、どちらの家も商家だったので、親の跡を継がねばならないという事情があった。

四人は、実際、四、五日どころか、二週間近くも結論を出せないまま相談をつづけ、結局、梶井の、

「駄目でもともとじゃないかな。俺たちに運と才能があったら、その世界で好きな歌をうたって食っていけるかもしれない。才能がないなら、二年もたたないうちに答え

は出るよ。そしたら、二年、大学を留年したと思おうよ」

という言葉で、とりあえず進む道を決めたのである。

大学だけは卒業するという条件をつけて、〈サモワール〉は、ヤマキ・プロダクションに身をあずけた。

矢巻の才覚と必死の売り込みは、少しずつ〈サモワール〉の出番を作っていった。梶井が高校生のときに作ったメロディーに手を加えた曲を〈サモワール〉のデビュー曲にして、ひたすらその歌ばかり歌いつづけたが、それは梶井たちが大学を卒業して四ヵ月目にヒットのきざしを見せ、その年の暮れには、幾つかのテレビの歌番組で、ヒットチャートの二、三位にのぼり、CDとカセットのアルバムは息の長い売れ方で、梶井たちを気味悪く感じさせるほどの収入をもたらした。

「使い捨てのグループにはさせないよ」

それは矢巻の口癖だったが、〈サモワール〉のファン層は、十五、六歳から三十七、八歳と幅が広く、それも彼等の歌と同じように、静かで控えめだったので、矢巻の計画は見事に当たった。

最初の曲がヒットのきざしを見せたころ、梶井と由加は一緒に暮らすようになった。

「俺たちには向いてなかったんだ。あの世界は、普通の神経じゃあ生きていけないさ」

梶井は、由加の美貌に、ふいに汚れのようなものが付着しはじめた時期の、自分の苛立ちや焦りを思い浮かべ、薪ストーブに向かって小声で喋りかけた。

ファンと称する人間のなかには、まともではない者たちもいる。名刺一枚が添えられた小箱が楽屋の由加に届けられ、あけてみると、何百万もするようなダイヤのピアスとペンダントが入っている。

「相手は道楽なんだ。もらっときゃいいよ。返したりするほうが、かどがたつもんさ」

矢巻は、そんな場合、平然とそう言ったものだった。

つきあう相手も、それまでとはまったく異質な連中ばかりになる。若者たちが憧れる職業の、見た目は派手だが、内側は汚れの多い人間たちが、ちやほやしてくれるようになると、まだ大学を卒業したばかりの〈サモワール〉のメンバーも、知らず知らずのうちに、その世界に毒されていき、いい気になり、自分らしさを失い、虚と実の区別がつかなくなっていった。

「毒食らわば皿までと割り切って、あの汚れた世界を逆に食っちまうだけの度量のあるやつだけが生き残れるんだ。しかも、並外れた才能がなきゃあ、どうしようもない……」

梶井はそうつぶやき、自分の取った行為は、長い目から見れば正解だったと思った。他の二人のメンバーは、いまでも俺を恨んでいるかもしれない。けれども、俺は、自分が愛した樋口由加という女に、平穏で豊かな道をひらいた。それでいいではないか……。

梶井は、眠れない夜のけじめをつけるときに、いつもその結論に至るのだが、今夜は、妙に自分自身を説得する方便みたいに言い聞かせると、戸閉まりを点検し、鉄の長いひっかき棒で、ストーブのなかの薪を崩し、火力を調節する空気孔を閉め、自分の寝ぐらへ戻った。早起きな野鳥がさえずりはじめていた。

二日後の昼すぎ、烈しい雨の音に混じって、誰かが店の玄関を叩く音が聞こえ、梶井は、うんざりした気分で、店と軒つづきの部屋をつなぐモルタル屋根の下を緩慢な足取りで歩いていった。

てっきり、万里と彼女の母親がやって来たと思ったのだが、雨戸の隙間からのぞくと、尾辻玄市の頑丈そうな体が見えた。

「ひでえ雨だな。よっぽどひっかえそうかと思ったよ」

尾辻はそう言って店に入ってくると、濡れた顔や肩をハンカチで拭いた。

「東京から来たのか？」

梶井はなんだか不審なものを感じながら、店内の明かりをつけ、尾辻に椅子を勧めた。

尾辻玄市の勤めるコーヒー豆を輸入販売する会社は、佐久市にブレンド用の工場と倉庫を持っていた。だが、尾辻がその工場に用事があったということは、これまでになかったし、蓼科の梶井を訪ねてくるときは、必ず事前に電話で連絡してきたからである。

「代休を取ったんだ。このひと月、日曜日も仕事だったからな。八王子のグラウンドでラグビー部の合宿をやってるから、ちょいと顔を出すつもりだったんだけど、途中で気が変わって、そのまま中央自動車道に乗っちまった。インターを降りるときは、雨なんか降ってなかったんだぜ。さすがに山の雨は凄いもんだな」

高校時代も大学時代もラグビーの選手だった尾辻は、最近少々肥満ぎみの腹をさすり、

「あしたも休みだから、今晩泊まってもいいか」

と訊いた。

「いいよ、ゆっくり泊まっていけよ」

と梶井は言い、尾辻に、コーヒーにするか、それともビールにするかと訊いた。

「水でいいよ。諏訪のインターを出たところでラーメンを食ったんだけど、頭にくるくらい塩からくてね。喉が渇いてしょうがないんだ」

と尾辻は太い声で言った。

地下水を、電気ポンプで汲みあげ、それを、そのまま蛇口につないでいるので、ベジットの水をタンクに入れて持ち帰る客が多かった。尾辻は、梶井がコップに注いだ水をたてつづけに三杯飲み、

「うめえ。東京の水はドブの臭いがするからな」

と言ってから、店内を見廻した。

「いつから店開きなんだ？」

「五月三日からだよ」

梶井の言葉にうなずき返しながら、尾辻は煙草をポロシャツの胸ポケットから出した。

「お前、セーターを持ってきたか？」

梶井は訊いた。

「持ってこないよ。だって、アパートを出るときは、ここへ来るつもりなんかなかったんだ」

「風邪ひくぜ。こんな雨の日は、三度か二度くらいまで温度が下がるからな」

「いまでも寒くてしょうがないな」

「じゃあ、ストーブを入れようか」

梶井は、店から走り出て、自分の部屋に行き、セーターを持って帰って来ると、それを尾辻に渡し、ストーブ用の小さな固形燃料に火をつけて薪を入れた。

「お前、天野志穂子って女を知ってるか？」

尾辻の八十五キロの体には、梶井のセーターは窮屈すぎたが、尾辻はその袖を通しながら訊いた。

梶井は驚いて、ストーブの蓋を持ったまま尾辻を見つめた。

「うん、知ってるよ」

尾辻には嘘をつくまい。梶井はそう考えて、

「天野志穂子に葉書を出したことがあるよ。ポルトガルのリスボンから。一回きりだけどね」

と言った。

「そうか、じゃあ、ダテコは口からでまかせを言ったんじゃないんだ。結核で、随分長いこと北軽井沢の病院に入院していた女だって言ったけど、そのとおりか？」

「うん、北軽井沢の病院に入院してたよ」

そう言ってから、梶井はストーブに蓋をして、そのダテコというのは誰なのかと訊いた。

「俺のガールフレンド。がさつなガキだけど、気のいい面白い子なんだ。そのダテコが、梶井さんに逢いたがっている女がいるって言うんだ。昔のファンが追い廻してるんじゃなくて、なんかわけがありそうだって」

と尾辻は言った。

最も危惧していた厄介な事態が生じたな……。梶井は尾辻の隣に腰かけ、片方の手で髪をかきあげながら、そう思った。

「その天野志穂子って女は、六歳のときから十八年間も結核で入院してたんだってさ」

と尾辻は言い、梶井の表情をうかがっていたが、ふいに梶井の背を叩いた。

「お前ってやつは、どんな悪さばっかりしてきたんだよ。そんな病人にまでちょっかいを出すなんて、昔のお前を知ってる者には、いささか理解しかねる」

「間違いなんだ」

そう言って、梶井は、天野志穂子に絵葉書を送ったいきさつを尾辻に話して聞かせた。

「梶井、その間違いは、ちょっと許されない間違いだぜ」

話を聞き終えるなり、尾辻は腕組みをしてそう言った。梶井は素直にうなずき返し、

「ずっと気になってたんだ。間違いのままにしとくのは、お互いに困るからね。だけど、どうやって、間違いだってことを、その天野志穂子にしらせるんだ？　そりゃあ病院で訊いたら、彼女の住所はわかるだろう。だけど、そんな図々しい手紙なんて書けないよ。俺は何回も手紙を書きかけたんだ。でも、とうとうきょうまで書きかけたままだ」

「しかし、お前の完全なミステークだ。ミステークを正直にあやまって、誤解を晴らすしかないだろう。うやむやにしとくわけにはいかないさ。相手は傷つくだろうけど、ひたすら、お前はあやまるしかないよ」

確かに尾辻の言うとおりだと梶井は思った。

「うん、そうするよ。あしたにでも手紙を書く」

「手紙なんかじゃ駄目だ。そんな失礼なことは、この俺が許さんぞ。直接逢って、頭を下げてあやまるんだよ」

尾辻は本当に怒っていた。滅多に怒ることのない尾辻が怒っているので、梶井はまた髪をかきあげ、溜息をついた。

「おかしな女だったらどうするんだよ」

そのまま両手で頭をかかえて、梶井は言った。

「おかしな女じゃないって、ダテコは言ってたよ」

「女は、見た目だけじゃわからんからなァ」

と梶井はつぶやいた。

「ダテコは、これまでに三回、その天野って女と逢ったそうなんだ。電話でも五、六回話してるって言ってた。だけど、その女は、どうもお前からの絵葉書のことは、ダテコには話してないみたいだな、ダテコは、どうしてそんなにも梶井さんに逢いたいのかって訊いたそうだ。そうしたら、お礼を言いたいって答えたんだってさ」

「お礼？」

それこそじつに厄介ではないか。梶井はそう思った。すると尾辻は言った。

「お礼を言いたいなんて、ちょっと変だろう？」

ぎょろ目を天井に向け、

「俺も最初は深く考えなかったんだけど、ラブレターをもらって、そのお礼を言いたいなんて、どうも変だなと思いはじめたんだ。だんだん気にかかってきて、それでわざわざ東京からここまで足をのばしたんだぜ」

と尾辻は言い、自分でカウンターのなかに入ると、コップに水を汲んだ。

「ダテコは、その女のことを、ちゃんとした気立てのいい人だって断言してる。このダテコってやつはな、なかなか苦労人なんだ。ちょっと見は、どこにでもいるミーハーみたいだけど、小さいとき親父に先立たれて、お袋さんが働かなきゃいけなくなって、親戚に預けられたんだ。その親戚の夫婦ってのが、ちょいとあこぎなやつで、まあいろいろあったらしい。しかし、ひたすらお袋さんを一日も早くらくにしてやりたいという一心で……」

いやにむきになりだした尾辻を上目使いで見やり、梶井は笑みを浮かべて、

「わかった、わかった。そのダテコの、人間を見る目を信じるよ」

と梶井は言った。

外では稲光が走ったが、雷の音はいつまでたっても聞こえなかった。

「尾辻、お前は昔から、女に関してはゲテ物食いだったよな」

顔をしかめて外の音に耳を澄ましている尾辻をひやかすように梶井は言った。

「美人に惚れたって話は、尾辻玄市に関しては一度もないんだ」

その梶井の言葉に、

「顔のきれいな女は山ほどいるよ。しかし、生半可にきれいだってのは、不幸の種だな。つまんない男どもにちやほやされて、いい気になって、うぬぼれて……。とにかく、ろくな結果にならん。目鼻立ちなんて、普通でいいんだよ。俺はゲテ物食いなんかじゃないさ。なんでもない普通の女を好きになろうとしてただけだ」

と尾辻は言い返し、再び閃《ひらめ》いた雷光を、玄関のガラス越しに見つめた。

「いやだな。俺は雷が苦手なんだ。ちぇっ、こんな山のなかに来るんじゃなかったよ」

「雷が怖いのか?」

と梶井は笑いながら訊いた。

「怖いよ。天から生じる物は、みんな怖い。中学生のとき、校庭に雷が落ちたことがあるんだ。誰かが置き忘れた金属バットに落ちた。校舎のてっぺんには、ちゃんと避雷針が突き出てるんだぜ。それなのに、そこには落ちないで、金属バットに落ちた」

そう尾辻は言って、

「天から生じる物は、みんな怖い」

と繰り返した。本気で怖がっているのか、それともそんなふりをしてみせているだけなのか。尾辻にはつかみどころのないようなところがあって、梶井は尾辻のしかめっ面に見入った。

梶井が、最近の矢巻の様子について問いかけようとすると、

「お前が〈サモワール〉の仕事も、何もかもをすっぽかして、樋口由加と逃げた、その本当の理由はいったい何だい？」

そう尾辻は先に質問してきた。

「由加を、まともな生活に戻してやりたかったたってのは嘘だろう？　まるっきりの嘘とは言わないまでも、ほとんど嘘に近いだろう？」

尾辻は、これまで梶井の失踪事件については、簡単にその理由を訊いただけで、梶井が答える言葉以上のものは問いただしてこなかった。まあ、人にはそれぞれ事情ってものがあるだろうさ……。そんな表情でうなずき、しばらく身を隠す必要が生じた梶井を助けてくれたのである。

しかし、きょうの尾辻の問いかけには、犯人に、もうそろそろ本当のことを喋った

らどうだと迫る刑事みたいな雰囲気があった。

梶井は、やっぱり尾辻は怒っているんだなと思った。相手を間違えてラブレターを送りつけ、その間違いに気づいてもそのままにしている俺という人間に腹を立てているのだな……。

「由加に惚れてたんだ。だから、由加がかけちがえて、もうどうにもならなくなったボタンを一からかけ直してやろうって考えた。嘘じゃないよ。嘘じゃないけど、それが全部でもない」

梶井はそう言ってから、どう説明すればいいだろうと考え、しばらく口を閉ざした。

「おっ、あったまってきた」

尾辻は言って、カウンターのなかから出ると、ストーブの傍に行き、湿ったハンカチを乾かしはじめた。そして、

「何かうまい物を食わしてくれよ」

と言った。

「スパゲティぐらいしかないな。でも、ここから車で二十分ぐらい行ったら、スモークした鹿の肉を分けてくれるかもしれない」

「スモークした鹿の肉？　それはうまそうだな。売り物か？」

「いや、白樺湖の近くで一年中暮らしてる人がいるんだけど、その人の手製だよ。自分で腸詰めのソーセージを作ったりする。機嫌がいいときは、頼むと分けてくれるんだ」

と梶井は言った。

「地元の人かい？」

「三年前に東京から引っ越して来たそうだ。何か書き物をしながら暮らしてる。どんな仕事をしてるのか知らないんだ。ひょっとしたら、会社を停年退職して、そのあと、ここに土地を買って暮らしだしたのかもしれないな」

「その人、きょうは機嫌がいいかな」

「行ってみないとわからんな。冬に行ったときは、俺の顔を見るなり、迷惑そうにしたよ。でもその前に行ったときは、ソーセージとぜんまいの塩づけを分けてくれた。金は受け取らなかったけどね」

「なんだ、ただで分けてもらうのか。そういうのは、俺はあまり好きじゃないんだ」

ズボンのポケットをまさぐり、車のキーを出して、もういまにもスモークした鹿の肉を取りに行こうという素振りをしていた尾辻は、そう言って、キーをポケットにしまった。

「いくら金を払うと言っても、受け取らないんだ。だから、こっちから代わりの食い物を持って行くって手がある。前はそれで成功した。アスパラガスとじゃが芋のサラダを、おすそわけですって持って行ったら、機嫌よく、お手製の食い物を分けてくれた。きょうもその手が一番いいんだ。尾辻、缶入りのコーヒー豆でも持って来てないのか」

梶井はそう言って、雷の音に耳を澄ました。そして尾辻が、この蓼科の山小屋風の部屋に泊まっていくのは、これが初めてだなと思った。まだ封を切っていない上等のスコッチがある。それを飲みながら、由加とチューリヒで別れた理由や、そのあとの旅について包み隠さず話してしまおうと決めた。

「あるよ。いつか蓼科へ行ったら、お前へのみやげにしようと思って、車に積んである。モカが一缶、ブルーマウンテンが一缶、うちの社の特製のブレンドが二缶だ。ブルーマウンテンは、とびきりの豆だぜ」

「じゃあ、そのブレンド豆を一缶持って行くよ」

「その人の機嫌がいいことを祈ろうぜ」

なんだか本当に雷を怖がっているらしい尾辻の運転で、梶井は白樺湖の近くへ向かった。雨はいっそう烈しさを増したが、雷の音は小さくなっていた。

関西の女子大が所有する〈夏の家〉の横から少しブナの林のほうへ入ったところに、木造の家があり、煙突から煙が昇っていた。二階の南側に面したところに、少し大きすぎると思えるほどのガラス窓があり、カーテンがかかって、なかは見えなかった。

六十歳を少し過ぎたと思われる薄い頭髪の男は、

「急に友だちが来て、もてなす物が何もないもんですから、何か分けていただけないかなと思って」

という梶井の頼みに、無表情だが、そう気を悪くした様子もなく応じてくれた。

「夕方から風も強くなって、ひょっとしたら停電するかもしれないらしいよ。あんたとこ、井戸水から？」

と男は訊いた。

「停電したら、モーターも動かないから、いまのうちに水を汲んで溜めといたほうがいいな」

「ええ、そうします」

と梶井は答えた。男は、内緒で釣ったんだと小声で言って、まだ小型の鮎《あゆ》を四匹くれた。ふきのとうの塩茹《ゆ》でしたものと、昨夜作ったというソーセージ、それに、鹿肉のスモークを皿に盛り、ラップで包んで手渡しながら、

「コーヒー豆がきれて、困ってたんだよ」

と男は微笑んだ。

尾辻が待っている車のなかに走り戻るわずか二十秒ほどのあいだに、強雨は梶井の全身をほとんど濡れ鼠みたいにさせた。

「コーヒー豆がきいたね。機嫌は良くなかったけど、コーヒー豆の缶を見たとたんに目が光った」

ラップに包まれた皿の中味を尾辻に見せながら、梶井はそう言い、男の忠告を話してきかせた。

「停電！」

尾辻は視界の悪い山道に目を凝らし、慎重にハンドルを動かして、もと来た道を戻って行きながら、顔をしかめた。

「停電も苦手だな。ちぇっ、こんな山のなかに来るんじゃなかったよ」

「この辺は、よく停電するんだ」

と梶井は言った。

「早く風呂に水を溜めなきゃあ。オイルランプが三つある。オイルは十分あるよ」

「お前、夜中に幽霊の話なんかするんじゃないぞ」

いやに憮然とした顔つきで尾辻はそう言った。そんな尾辻を横目で見て、梶井は大きな声で笑った。笑いながら、自分はどうしてもっと早くに、尾辻と二人きりの時をもたなかったのだろうと思った。この、ぶっきら棒な、多少気難しいところのあるラガーマンは、全日本の選抜メンバーに選ばれるほどの選手だったが、右膝の怪我で選手生活を断念した。いまは月に一、二度、後輩の指導にあたるだけだが、後輩たちにも人望が厚く、それは職場でも同じらしい。

なんとなく人間が大きくて、しかもどことなく愛嬌がある。愛嬌のない人間は駄目だな。愛嬌というのは、企んで出てくるものではない。その人間が持って生まれたものであり、内面からそこはかとなく滲み出てくるものでなければならない。俺には、その愛嬌というものが欠如している。そのうえ、人間が小さい……。

梶井はそう思った。

「ああ、小さい小さい」

と梶井は山の強雨を見つめて言った。

「何が小さいんだよ。俺が幽霊を怖がってることか？」

と尾辻は訊いた。

「いや、俺のことだよ。俺という人間は小さい……。いま、ふっとそう思ったんだ」

「どうしてそう思うんだ」

「俺のやってきたことを考えると、なんて姑息《こそく》な人間だろうって腹が立ってくる」

「由加のことか？　それとも間違って別の女にラブレターを送ったことか？」

「何もかも全部だな。俺は、ほんとに、その天野志穂子に直接逢って、心から詫びる」

「ああ、そうしろ」

しかしそれにしてもと尾辻は言った。

「六歳のときから十八年間も入院してたんだな。その天野って女……」

静かに感慨深そうに言っただけで、尾辻はベジットに帰り着くまで無言だった。

こんな豪雨は、自分がここに住むようになって以来はじめてではあるまいかと梶井が思うくらいに烈しい雨が、視界をほとんどさえぎっていたので、尾辻は全神経をハンドルに集中していたのだった。

けれども、梶井は、自分の大きな失態を、あらためて尾辻に叱責されつづけているような気がした。それと同時に、天野志穂子の、六歳から十八年間もつづいたという気の遠くなるような闘病生活を思った。

自分の過ちに気づかぬまま、天野志穂子を見舞うため北軽井沢の病院を訪ね、

「志穂ちゃんならそこにいますよ」

と窓の外を指差されたときの狼狽が甦り、斜めうしろから見た天野志穂子の姿も脳裏に浮かびあがった。

確か、薄いピンクのワンピースを着て、その上に同系色のカーディガンを羽織っていたような気がする。いや、あるいは灰色がかった青い色のセーターだったかな。いずれにしても、顔はまったく見えなかったが、病院の中庭へとつながる道を、日なたぼっこをしながらゆっくりと散策しているといった風情だった。

あのとき、彼女に退院のめどはたっていたのだろうか。それとも、いつまでつづくのかわからない長い入院生活の延長線上にいたのだろうか……。

しかし、それにしても、看護婦は、なぜ間違えたのだろう。自分たちが歌っているとき、藤色のガウンを着た女は最前列にひとりいただけだった。それは江崎万里なのだ。看護婦がわざと間違えるという筈はない。自分は気づかなかったが、江崎万里の近くに、同じように藤色のガウンを着た天野志穂子がいたのであろう……。

江崎万里は、約一年間の入院生活で退院したが、結核の療養所では、それは軽症の

部類だという。事実、万里は東京の女子大を卒業し、松本の実家に帰って来て、気が向いたら家業を手伝うという気ままな生活をし、週に三日はテニススクールに通っていたのだ。病気の自覚症状などまったくなかったという。ラケットメーカーの主催する女性だけのトーナメントに出場し、シングルスの試合で準優勝した十日後、万里の母が経営する会社の定期検診で右肺に鶏卵大の影がみつかり、完全に治すためには、ちゃんと療養所に入院したほうがいいと言われた。医者は三ヵ月ほどで退院出来るだろうと言ったが、結局、一年ほどかかった。

「結核だって診断されたときは、狐につままれたみたいだったわ。だって十日前に、テニスのトーナメントに出て、二日で四試合もやって準優勝したのよ」

万里は、いまでも自分は結核ではなく、医者の誤診だったのではないかと思うほどだと梶井に言ったものだった。

たとえ一年でも、あの入院生活はつらかった。軽症だとわかっていても、入院生活が半年もつづくと、ひょっとしたら自分は治らないのではないかと考えたりした。そんな心理状態は、結核病棟に入院した者でなければわからないだろう——。

梶井は、万里の言葉を思い出し、十八年間も入院生活をつづけた天野志穂子は、いったいどんな女性だろうと思った。

「おい、停電になるときの兆候ってのはあるのか？」

飲料水をポリバケツに汲みながら、尾辻が訊いた。

「やっぱり、雷だよ。雷がこの近くに落ちたら、確実に停電するな。たぶん、電柱のトランスに落ちるんじゃないかな」

と梶井は言った。

「きょうの雷は、音がしないな。ピカッと光るだけだ。きっと、近くには落ちないよな」

「さあ、どうかな」

梶井が言ったとたん、すさまじい雷鳴が轟いた。地球が二つに割れたかと思うほどの音だった。そしてそれと同時に、明かりは消え、蛇口からの水も停まった。

「落ちた！　おい、雷が落ちた！」

尾辻がわめきちらした。

「この店の屋根に落ちたんじゃねェのか？　火事になるぞ」

「大丈夫だよ。近くに落ちたんだ。この店の屋根に落ちたりしないよ」

「そんなことわかるもんか。おい、梶井、表に出て、ちゃんと確かめてこいよ」

「いやだよ。尾辻、お前自分で確かめてこい」

「冗談言うな。表に出たとたんに、俺の頭に落ちたらどうするんだ」

「オイルランプを取ってくるよ」

「おい、まだ行くな。危ないぞ」

「大丈夫だって。屋根の下を通るんだ」

「馬鹿！　まだ行くな。俺をひとりにするな」

ストーブの火だけが、店内を灯していて、その朱色は尾辻の顔半分を染め、彼が両方の人差し指を耳の穴に突っ込んでいる姿が見えた。

梶井は笑った。腹が痛くなるくらい笑い、尾辻を指差して、また笑った。

「お前、ほんとに雷が怖いんだな」

そう言ったが、笑いすぎて、梶井の言葉はちゃんと言葉になっていなかった。

「笑いやがったな。こんなことを面白がるやつには、天罰が下るぞ」

「どんな天罰だ？」

「うるさい！　早くオイルランプを持ってこい」

風呂に水を汲んでおいてよかった……。尾辻は、梶井がオイルランプに火を灯し、それを天井に吊るすのを見届けてから、ひとごこちついたようにそうつぶやいた。しかし、飲料水はポリバケツに二杯しか汲んでいなかった。

スパゲティを茹でるのには、ポリバケツ一杯分の水をほとんど使ってしまうだろう。そうすると、残りの一杯の水で、電気が通じるまでもたさなければならない。

「洗い物なんか出来ないな。命の水だ」

と尾辻の、いかにも深刻そうな口調で、梶井はまた笑いこけた。

「近くには小川もあるし、雨も降ってる。何が命の水だよ。いざとなりゃあ、風呂に溜めてある水を使えばいいんだよ」

と梶井は言った。

「風呂はちゃんと洗ってあるんだろうな」

尾辻は機嫌が悪そうに訊いた。

「きのう入って、洗ってない」

「汚ねェな。そんな水、飲めるか」

調理場に入って、梶井が夕食の用意を始めると、尾辻は、自分に手伝えることはないかと訊き、梶井に「ない」と言われて、

「じゃあ、俺は少し寝るぞ」

尾辻は怒ったように言い、カウンターのところの椅子を並べ、薪ストーブの近くで横たわった。

ガスに火をつけ、大鍋に湯を沸かしながら、

「ある演歌の大御所が、ほんのお遊びで、俺たちの歌をうたったんだ。その人の誕生日のパーティーで」

と梶井は言った。

「俺たちの百倍も凄い歌だったよ。俺はそのとき、俺たちがどこまで行っても素人だってことを思い知ったんだ。なんだか身の毛がよだつような気がした」

プチトマトのへたを取り、フライパンにオリーブ油を入れ、まな板の上で大蒜《にんにく》を刻んだ。

尾辻からは何の応答もなかったが、梶井は調理場から店へと料理を渡すための小さな戸を開き、そこから尾辻に語りかけた。

「ちょっと人気が出たからって、有頂天になってたのは俺だけじゃない。由加は、もうひどいもんだった。ちやほやされて、言い寄られて、そのうちソロでデビューしろなんて甘い言葉に乗せられて、いろんな男とつき合うようになった。あいつはもともと体が丈夫じゃなかったんだ。だから、きょうは名古屋でコンサート、そのあと飛行機で東京へ帰ってテレビの録画撮り、夜中の三時に終わって、三時間ほど寝て、また飛行機で大阪へ、なんて生活が二ヵ月もつづくと、息も絶え絶えで、貧血を起こして

倒れたりする。そんな由加に、よく利く漢方薬があるって嘘をついて、覚醒剤を服ませたやつがいる。矢巻だよ。矢巻はそうやって、由加の体を自分のものにするつもりだった。覚醒剤ってのは、最初のうちは服んでも利くんだ。注射じゃないと利かなくなるのは時間の問題だ。俺は、由加が矢巻から覚醒剤をもらったことにすぐ気がついたんだ。問い詰めたら、これまで三回服んだって由加は言いやがった」

小さな戸から尾辻を見ると、尾辻は横たわったまま煙草を吸っていた。

停電で、換気扇が動かないので、大蒜をいためる煙やにおいが、調理場だけでなく店内にも満ちた。それで梶井は裏口のドアをあけた。雨の音が大きくなって、梶井は大声で喋らなければならなかった。

「俺は矢巻にくってかかった。由加をどうするつもりなんだ、覚醒剤の中毒にしちまうつもりかってね。そしたら矢巻のやつ、『元気づけに、特効薬をちょっと使っただけだ。俺だってこの世界のプロなんだ。商品を使い物にならなくしちまうような真似はしねェ』って言いやがった。俺は、矢巻に、これ以上由加に変な真似をしたら、お前が覚醒剤を所持してることを警察に訴えるって言ったんだ。そしたら、矢巻は俺を殴ったよ。首から下ばかり狙って、かなり殴られた。由加はそのことを知ってたけど、『自分たちの乗ってる車はもう動きだしてしまったんだ。いまさらその車から降りるわけにはいかない。このままとにかく突っ走るしかない』って言いやがった。『この環境を失いたくない』ってね。そりゃそうだろう。着る物も一流品ばかり。道を歩いても〈サモワール〉の樋口由加だって目で見られる。収入も桁ちがいだし、付き人も付いて……。いや、そんなことよりも、とびきり派手な世界に染まって、狂っちまうんだ。価値観も処世観も、何もかもが、普通じゃなくなっちまうんだ」

「そんなこと、最初からある程度の予想はついてただろう」

尾辻は煙草をくゆらせながら、そう言った。

「ある程度はね。だけど、実際にあの世界に身を置くと、予想をはるかに超えてた。それに、俺たちは世間知らずで、すぐにその流れに飲み込まれちまった」

と梶井は言い、狐色になった大蒜のなかに、トマトソースを入れた。

「どんな世界も、裏に廻れば汚いもんだぜ。きれいな仕事なんてないよ。それに、お前たちが所詮素人芸だってことは、初めからわかってたことじゃないか」

と尾辻はオイルランプの黄色い明かりの下で横たわったまま言った。雷は、遠くで鳴っていたが、その勢いは、少しずつおさまっていきつつあった。

「誰も最初は素人だよ」

その尾辻の言葉に、

「いや、そのとおりなんだけど、俺は、本物のプロの凄さにぞっとしたんだ」

と梶井は言い返した。

「つまり、持って生まれた才能ってやつの凄さだよ。才能の幅の凄さかな。才能の底の深さの凄さかな。うまく言えないけど、俺は、俺も含めて、〈サモワール〉のメンバーには、ひとりもその凄さを持ってるやつはいないってことがわかったんだ。そしたら、俺は一日でも早く〈サモワール〉を解散したくなった。由加を、もとの由加に戻してやりたかった」

事の重大さに気づいたのは、飛行機が離陸したときであった。

ああ、俺の乗った飛行機はうまく空に浮いたと思った瞬間、梶井は、草の根をわけても自分たちを捜しだそうとするであろう連中の、恐ろしい形相を想像したのだった。

梶井は、由加を説得するよりも先に、ロンドン行きのチケットを買っていた。自分の説得に、由加が簡単に納得するとは思えなかったので、梶井は由加が了承したら、考え直す時間を与えないくらいにさっさと、飛行機に乗ろうと考えたのだった。

ほとんど力ずくで由加をタクシーに乗せ、新横浜まで行くと、そこから新幹線で大阪へ向かい、大阪空港から南廻り便に乗ってミュンヘンへ飛んだ。ロンドン行きの飛行機が予定よりも二時間離陸が遅れるというので、急遽、ジュネーブへ飛び、列車でチューリヒへ移動した。

日本を発つ三日ほど前から由加は風邪をひいて熱が高かった。チューリヒのホテルに落ち着くと、由加の熱はさらに高くなり、四十度を少し超えるまでになった。

「でも、由加にはいい休養だったよ。平熱に戻るまで丸三日かかったけど、その間に、由加は由加で十分に考えることが出来たんだ。俺は、由加の看病をしながら、お前に手紙を書いた」

と梶井は尾辻に言った。尾辻はそれにには何も応じ返さず、

「さっきの才能って問題だけど、俺は学生選抜のチームに入れてもらって、イギリスの大学チームと試合をしたことがある。そのときはぞっとしたね」

と言った。

「とにかく力が違うんだ。筋力の徹底的な差だ。俺たち日本人と、欧米人とは、筋肉の繊維そのものが、もう生まれついて決定的に違うんじゃないかって考えるしかない。だから、欧米人が技術さえマスターすれば、柔道も日本人は勝てなくなるさ。だってて、もともとの腕力が違うんだからな。スポーツの格闘技の基本は筋力だ。いくら根性といっても、根性だけじゃどうしようもない。テクニックの及ぶ範囲なんて、た

かがしれてるんだ。スポーツ医学がもう少し発達したら、それぞれの民族の、筋力の繊維や細胞の質の違いも分析出来るだろう。おそらく日本人は、そこでは相当な劣等民族だな」

尾辻はそう言って起きあがり、笑みを浮かべた。

「よしよし、雷さまのお怒りは鎮まったみたいだな」

尾辻は耳を澄ませ、雷の音がまったく聞こえなくなったのを確かめると、調理場に入って来た。そして、

「東京にはいつ出て来る？」

と訊き、

「こんなことは、気が変わらんうちに行動に移さないとな」

と言った。連休が終わったら、必ず東京へ行き、天野志穂子に逢うよと梶井は約束した。

尾辻は、フライパンのなかのトマトソースを指先につけ、それを口に含んで味見してから、

「さっきからお前の話は、どうもよくわからん。それほどまでして立ち直らせたかった由加と、どうしてたった一週間で行動を別にしたんだよ。お前は、由加をチューリ

ヒに残して、それからどこへ行ったんだ？」

と訊いた。

「ローマだよ。ローマに、俺の中学時代の友だちがいた。スイスもフランスもイギリスも物価が高くて、長逗留するには持ち金が少なかったんだ。イタリアのほうが物価は安いだろうし、そいつ以外に、外国で俺に金を用立ててくれるやつは見当らなかったしね。それで、由加をチューリヒに残して、俺だけローマへ行ったんだ。すぐにチューリヒへもどるつもりだったんだけど、ローマから由加へ国際電話をかけたら、俺たちのことを知ってる中国人がこのホテルにいるって言うんだ。香港の宝石商の跡取り息子で、年に四、五回、東京へ行くから、テレビを観て由加の顔を覚えてたらしい。あんまりすげなく出来ないから、今夜の食事につき合ってもいいかって……。俺は、かっとして、由加にひどいことをまくしたてた。お互い、気が立ってたからな。ガキののしり合いみたいになって、売り言葉に買い言葉で、じゃあ、俺たちはこのまま別れようってことになった。でも、二週間後に、俺と由加はローマで逢ったよ。由加にぞっこん惚れちまった宝石商の御曹司が、強引に由加について来た。俺と由加が本当に別れたのは、チューリヒじゃなくて、ローマなんだ」

どうせ、気障《きざ》な女たらしで、鼻もちならないぼんぼんだろうと思っていたが、その中国人は、意外なほどに物静かな、柔和な青年だった。

スイスで毎年催される貴金属品の新作発表とオークションに参加するため、チューリヒに滞在していたのだが、由加を見て、まさに一目惚れで、なりふりかまわず由加を追い廻している。そんな自分が不思議だが、一度離れてしまうと、この人とはもう二度と逢えないような気がする――。その中国人は頰を染めて梶井にそう言った。

「何の根拠もないただの勘だけど、この中国人は本気だし、イカサマ野郎でもないって俺は思ったんだ。自分の身分を証明するものを全部俺に見せて、あなたと由加とが真剣に愛し合ってるなら、自分はいさぎよくここから姿を消すが、どうなのかって訊きやがる。そのとき、俺は、由加への自分の気持ちが、じつは冷めてしまってるってことに気がついたんだ」

なぜ冷めてしまっていたのかを、梶井は尾辻に説明しなかった。尾辻もまたそのことを質問してこなかった。

オイルランプの光のもとで食事を済ませ、貴重な水を沸かして茶を入れたとき、電気が点《つ》いた。

梶井は一面識もないダテコこと伊達定子のお膳立てで、五月の連休が終わった次の週の日曜日、天野志穂子に逢うために東京へ向かった。

〈サモワール〉の時代よりも、うんと髪を短くし、変装用の度のないレンズを入れた黒縁の眼鏡をかけて、梶井は車で小諸まで行くと、車を駅前の駐車場に預け、列車で上野まで出た。上野駅には、尾辻が車で迎えに来てくれた。

どこで、誰と出くわすかわからなかったので、尾辻の配慮で、梶井と志穂子とは、西浅草にあるダテコのアパートで逢うことになっていた。上野駅からダテコのアパートまでは車で十二、三分の距離だったからである。

尾辻の車の助手席に乗るなり、

「お前、天野志穂子に逢ったか？」

と梶井は訊いた。

「逢ったさ。きのうの夕方、俺とダテコとで渋谷の駅まで迎えに行ったからな。天野さんは、きのう、ダテコのアパートに泊まったんだ。友だちの家に泊まるなんて、生まれて初めてだって言ってたよ。そりゃそうだろうな。十八年間も入院してて、ほんの半年ほど前に退院してきたんだからな」

「どんな女だ？」

「逢ったらわかるさ」

尾辻は、怒っているような口調でそう言った。

「本人は、勝手に捜して、ひとりでダテコのアパートへ行くって言ったんだけど、東京なんて西も東もわからないのとおんなじだし、まだそんなに無理をさせられないから、渋谷の駅まで迎えに行ったんだよ」

と尾辻は言ったあと、車を歩道の脇に停めると、梶井の胸を人差し指で強くつつきながら睨みつけた。

「きのう、ダテコの部屋で、すき焼きをしながら、俺は天野さんに訊いたんだ。梶井に何の礼を言いたいのかって。失礼だとは思ったけど、思わず訊いちまった」

梶井は、いまにも殴りかかってきそうな尾辻の形相を見やった。

「彼女の話を聞いたら、お前は自分が許せなくなるぞ。ほんのちょっとした気分で、口をきいたこともない女にラブレターなんか送って、しかもそれが相手を間違えたっていうんだからな。お前はいつもそうだ。そのときの気分で衝動的に動く。そのお前の衝動ってのは、いつも前進するためのものじゃないんだ。逃げようっていう魂胆から生じてる。お前って人間の癖だよ。手癖の悪い人間とおんなじで、体も心も、勝手にそんなふうに動くんだ」

ほんとにそのとおりだと思いつつも、梶井は尾辻の指を払いのけ、

「お前にそんなに罵倒されるいわれはないぜ。俺は心から悪かったと思ってるから、こうやって東京へ出て来て、その天野って女に直接逢って謝ろうとしてるんだ」

と声を荒らげて言い返した。

尾辻玄市の指摘した梶井の人間としての癖には、梶井自身もすでに気づいていて、そのことをなさけなく思うときがしばしばあったのだった。

何かの壁にぶち当たると、それを破ろうとする意志よりも、そこから一歩も二歩も身を引こうとする気持ちが先立ち、幾つかの逃げ口を捜してしまう。物事に対処するにあたって、必ず逃げ口を用意しておかないと不安だという性格を、梶井は自分でも卑怯に感じるのだが、いざ他人に正確に指摘されると、それこそが自分の大きな弱味だけに、思わずかっとなってしまった。

梶井は、このまま尾辻の車から降りて、上野駅に戻ろうと思った。しかし、そうする前に、

「なんだい。車から降りて、上野駅まで戻って、そのまま蓼科へ逃げ帰ろうと思ってんだろう。そんなことをしやがったら、俺はお前と一生絶交だ」

と尾辻に言われ、梶井は信号が青に変わった交差点を見やった。この信義に厚い友だちを失うわけにはいかないと思ったのである。

「車から降りようなんて思ってないよ。行こうぜ」

と尾辻を促し、梶井は助手席の背に体を凭《もた》せた。

尾辻は車を発進させ、いかにも下町らしい風情《ふぜい》の商店街を抜けると、小学校の横を右に曲がった。

「この道をまっすぐ行くと、隅田川に出るよ」

と尾辻は気まずそうに言った。

「そりゃあ逢えばわかるだろうけど、俺にも心構えってのがあるからな。天野って女、どんなタイプだい？」

その梶井の問いに、尾辻はやっと微笑を浮かべ、

「お前をかくまってくれてるあの万里って女よりも、はるかに上等だよ。美人でも不美人でもない。普通の若い女だ。ちょっと弱々しい感じもするけど、それは仕方がないな。病気だったし、まだこの世の中ってやつに順応してないだろうし……」

と尾辻は言った。

「俺がリスボンから出した絵葉書は、じつは相手を間違えたんだってこと、彼女はもう知ってるのか？」

「そんなこと、俺の口から言えるか」

尾辻は、玄関のドアに〈すみれ荘〉とペンキで書かれた古いモルタルの建物の前で車を停めた。

「下の階の三号室だ。俺とダテコは、どこかの喫茶店でコーヒーでも飲んでる。一時間ほどたったら電話をかける」

「一時間か……。長いな」

梶井は、片手で後頭部の髪を撫でつけながらそうつぶやいた。

「仕方がないだろう。自業自得《じごうじとく》ってやつだ」

尾辻は言って、梶井の肩を押した。

三号室と教えられたが、どの部屋のドアにも、部屋番号をしるす数字はなかった。入り口を入ったところの、幾つかの郵便受けにだけ、数字がしるされているが、それもほとんどは消えかかっていた。

五つある階下の部屋の一番奥に、〈伊達定子〉と手書きされた小さなグリーティングカードが押しピンでとめてあった。一番奥の部屋がなぜ三号室なんだろうと思いながら、梶井はドアをノックした。俺が天野志穂子と逢うのを見届けるみたいに、尾辻は玄関の前に停めた車の中にいる。逃げ場はないな……。そう観念したのだった。

ドアがあき、ジーンズをはいた華奢《きやしや》な体つきの女が、首を突き出すように梶井を見

つめた。梶井は自分の名を告げ、女に、

「伊達さんですか？」

と訊いた。女は笑顔を作って頷くと、

「どうぞ。あのう、何にもないんですけど、コーヒーとケーキを用意しときました」

と言った。そして、梶井が部屋にあがると、ダテコは靴を履き、

「一時間ほどしたら、外から電話かけるわね」

と甲高い声で天野志穂子に言って、アパートの廊下を走って行った。

天野志穂子は、ベッドの横に正座して、しきりにうなじのあたりに手をやりながら、

「わざわざ……。申し訳ありません」

と言った。梶井もいちおう向かい合って正座し、

「いえ、こちらこそ。おかしな葉書を送ったりして……」

と言い、眼鏡を外した。まともに視線を合わせられない相手ではあったが、梶井は天野志穂子が落ち着きなく視線をそらすあいだに、その表情を盗み見た。やはり、見覚えのない顔であった。

「退院されたんですね。おめでとうございます」

そう言った瞬間、梶井の中に本当のことは明かさないで済ませようという考えが生じた。あの葉書は、あなたへではなく、別の女性に送ったものだと明かす必要はないと判断したのである。あのときはあんな葉書を送ったが、時が過ぎて、過去のものと化した……。そのように話をもっていき、うまく相手を傷つけないで終わらせよう、と。

「まだ東京には戻ってこられないんですか？」

と志穂子が訊いた。

「いろんな人に迷惑をかけたし、ぼくを恨んでる連中も何人かいますから」

志穂子は畳の上に正座したまま、自分の指の爪に視線を落とした。そして、

「ポルトガルから絵葉書を下さって、ありがとうございました」

と言った。梶井は、どんな言葉を返そうかと考えをめぐらせた。そのとき、梶井は、志穂子が涙を滲ませているのに気づいた。

ちぇっ、まずいな。泣かないでくれよ……。梶井はうんざりして舌打ちをしたい気分だったが、志穂子の、涙に滲んだ目を見ないようにして、

「ぼくが出した絵葉書は、天野さんから礼を言ってもらう筋合いのもんじゃありません。ぼくが勝手に出したんです。天野さんは、ずいぶんお困りになったでしょう。ぼ

くは、きょう、謝りに来たんです」

と言った。

志穂子は、涙を隠すためのように立ちあがり、ガスレンジと流しがあるだけの、夕方には西陽が差し込むであろう狭い台所へ行った。

「すいません。私、緊張してて、なんだか、ちゃんと喋れなくて」

と志穂子は言い、あらかじめ沸かしたコーヒーをカップに注ぐと、それもまた小さすぎるほどの丸い和卓に置いた。

ダテコの部屋は、六畳一間で、美容関係の本ばかりが並ぶ本棚と洋服簞笥、みずや、そしてベッドがあるので、人が動ける空間は、せいぜい三畳くらいのものだった。壁には、尾辻の勤める会社が作った大型のイメージポスターが三枚張ってある。飾り物は、どれも安物ばかりで、ベッドカバーの柄以外には、この部屋の住人が男なのか女なのかを示す小道具はなかった。

「私の病気は、あの絵葉書のお陰で治ったんです。私には、そうとしか思えないんです。私はもう治らない。死ぬまでこの療養所にいるんだって自分自身も思ってたし、周りの患者さんたちも、そう思ってたんです。でも、あの絵葉書をいただいたあとから、私の体に奇蹟が起こったんです」

と志穂子は、再び正座すると、ハンカチを握りしめて言った。

「奇蹟?」

と梶井は訊き返し、やっと落ち着いてきた心で、天野志穂子という女を観察した。確かに、美人でもなければ不美人でもない、極く普通の女だなと彼は思った。肌の色は、日本人にしては白すぎるくらいで、病みあがりという感じもなくはないが、それは、こちらの先入観によるのだろう。エキセントリックな女ではない。それどころか、いまのご時勢では、控えめすぎると言ってもいいくらいかもしれない。とても穏やかな、きれいな目をしている。表情のどこを捜しても、世ずれしたところはないし、暗い部分もない……。梶井はそう思い、少し安心すると同時に、気がらくになった。

彼はそっと腕時計を見た。この部屋に入ってからまだ十二、三分しかたっていなかった。一時間、長いな。三十分に縮めてもらえばよかったなと思った。

「十八年間も、入院なさってたんですね。なんだか途方もない時間ですね」

ほかに言葉が浮かばず、梶井は志穂子にそう話しかけた。

志穂子は、かすかに笑みを浮かべ、やっと梶井の目を見て、

「みなさんそんなふうにおっしゃるんですけど、私には途方もない時間だったとは思

えないんです。きっと、過ぎてしまった時間ていうのは、そういうものなんでしょうね」

と言った。

梶井は、絵葉書の件に関しては、自分のほうからは触れないでおこうと思った。なぜ、いかなる奇蹟が、この天野志穂子の生命に起こったのかは、自分とは関係がない。自分が間違えて送った絵葉書が、どんな役割をになったかを、自分のほうから質問するなんて、飛んで火に入る夏の虫というやつだからな……。梶井は、コーヒーにミルクを入れ、スプーンでかきまぜながら、胸の内で自分にそう言い聞かせた。

「私、〈サモワール〉が解散したこと、つい最近まで知りませんでした」

と志穂子は言った。

「退院して、しばらくたってから、私、あつかましいと思ったんですけど、ヤマキ・プロダクションの事務所を訪ねたんです。そしたら、そこの社長さんが、面倒臭そうに〈サモワール〉ってグループはもうないよって言われて」

「矢巻と逢ったんですか？」

梶井は少し不安になって、そう訊いた。志穂子はうなずき、自分がヤマキ・プロダクションを訪ねて行った日のことを、かいつまんで話した。ロビンソンという喫茶店で、ダテコと知り合ったことも。

「えっ？　ダテコって人、ロビンソンでウエートレスをやってるんですか？」

梶井は思わず聞き返し、それはちょっとまずいな、女は口が軽いから、ダテコはロビンソンのマスターに喋るかもしれない。あいつと矢巻とは同じ穴のむじなみたいなもんなんだと思った。

そんな梶井の心を察したかのように、

「ダテコは、喋っちゃいけないことは、絶対に喋りません。きょう、梶井さんがここにお越しになったことを、うっかりお店で喋ったりすることはありません」

と言った。

狼狽を表情に出してしまった自分をつくろうために、梶井は微笑を作り、

「ぼくは、もう少し時間を稼ぎたくて……。〈サモワール〉が解散せざるを得なくなったのは、何もかも、ぼくのせいですから」

と言った。

そのあと、志穂子も話題に窮したのか、窓のほうを見やったり、膝の上に視線をおとしたりして黙り込んでしまった。

梶井は、尾辻からの電話を待てなくなった。尾辻は怒るだろうが、このへんで天野

志穂子と別れ、ひとりで上野駅へ行こう。早く蓼科の自分のすみかに戻ろう……。余計なことを喋ったら、話題はあの絵葉書の件に移るかもしれない……。

梶井は、出来るだけさりげなく、この安アパートの一室から退散しようと考え、

「じゃあ、ぼくは失礼します。帰りの電車が混んでて、四時過ぎの長野行きの切符しかとれなかったもんですから」

と嘘を言って立ちあがった。志穂子は、かすかに困ったような顔をしたが、

「わざわざ、東京にまで来ていただいて、ありがとうございました」

と梶井に言い、

「このへんはタクシーが通らないんじゃないでしょうか。きょうは日曜日ですし」

首をかしげてそう訊いた。

「いや、大丈夫でしょう。尾辻と伊達さんに、よろしく言っといて下さい」

ああ、これで終わった。やれやれだ。梶井は靴を履き、志穂子に軽く頭をさげて、アパートからでると、自分の手で首のうしろを揉《も》みながら、急ぎ足で歩いた。尾辻もダテコも、案外近くの喫茶店にいるかもしれないと考え、小学校の横から、古い住宅のひしめく路地へと出た。

空《から》のタクシーはすぐにやって来た。梶井はそれに乗り込み、上野駅まで行ってくれ

と頼んで、煙草に火をつけた。

絵葉書の件に一切触れなかったことで、天野志穂子は、あの絵葉書の中に込められていた梶井という男の心が、過去のものと化してしまったのに気づいたであろう。彼はそう思い、多少のうしろめたさをひきずりながらも、解放感にひたった。

上野駅から長野行きの列車に乗ると、梶井は軽井沢までの二時間、ぐっすり眠った。小諸の駅前にあるレストランで夕食を取り、蓼科に帰り着いたのは、七時過ぎであった。

きっと、尾辻から電話がかかるだろうと思ったが、夜の十時を過ぎても電話は鳴らなかった。

ときには、八月でも必要な日がある薪ストーブの上にウイスキーの壜《びん》を置き、梶井はいつもより早いピッチでそれを飲んだ。とにかく、時を待つことだ。新しい金の卵をみつけたら、矢巻も、この俺を追いかけるのをやめるだろう。由加の件で、この俺をいまいましく思っている連中も、新しい女に手をつけることで忙しいに決まってる。

「あと二年かな……。二年もたったら、もう俺のことなんか、みんな忘れてるさ」

梶井はそう言いきかせ、さてその二年間を、どこでどうやって暮らそうかと考えた。この蓼科でくらすためには、万里の機嫌をそこねないようにしなければならない。

「でも、寝ちまったらおしまいだ」

そうつぶやいたが、自分に抱かれたがっている万里の、高慢な体をもてあそびたく
なった。それが酒のせいだと気づかぬまま、梶井は万里に電話をかけた。

梶井のほうから電話をするのは、仕事以外のことでは一年ぶりだったが、万里はそ
れに対する驚きとか歓びをわざと口にしなかった。

「酔ってるの？」

万里は、舌たらずな喋り方で、ひやかすように言った。

「酔ってないよ。ときどき、猛烈に寂しくなるときがあるんだ」

と梶井は言い、窓ガラスに映る自分の顔を見つめた。

「私は毎日寂しいわ」

「毎日？」

じゃあ、いまから車をすっとばしてこないか？　と梶井は口にしかけ、かろうじて
その言葉をおしとどめた。なぜか、天野志穂子に送った絵葉書が心のなかに浮かび出
たのである。

——ここに地終わり　海始まる——。そう刻まれた石碑のところから離れて、ロカ岬の、大西洋に面した断崖に向かって歩きだしたときの、自分の足どりまでもが甦ってきたのだった。

陸地が終わる場所は、なにもロカ岬だけではない。世界中のいたるところに、地と海の境界はあるはずだった。にもかかわらず、そのときの梶井には、このポルトガルのロカ岬だけが、世界でたったひとつきりの、地が終わって海が始まる地点だと思われた。

すさまじい風が、小さな雨を梶井の全身に突き立てるかのようだった。彼は、そのとき、何かが終わって何かが始まるということの、途方もない歓びに打たれている心持ちにひたって、全身で雨を受けつづけた。

梶井は、ひょっとしたら天野志穂子もロカ岬の碑文から同じ感情を得たのではあるまいかと思った。彼女の言うところの奇蹟とは、じつはその歓びによって生じたのではないだろうか。彼女は、そのような感情を与えてくれた絵葉書の差出人に礼を述べたかったのかもしれない……。

「俺、しばらく東京へ行って来るよ」

梶井は、予定していた言葉とはまったく逆のことを言った。

「お袋のことも心配だし……」

期待をはぐらかされて、万里の声の調子が乱れた。

「克哉さんて、子供なのね。寂しくなると、お母さんのところへ行きたくなるの？」

と万里は言った。

「二、三日で帰ってくるよ。この店の本格的な営業は五月の末からだろう？　二、三日、休みを欲しいって、万里のお母さんに言っといてくれないか」

「伝えとくわ」

万里は、つっけんどんな口調で言い、

「いつ、東京へ行くの？」

と訊いた。

「あしたの朝」

電話を切ると、梶井は、霧が湧きあがってきた戸外へ出て、何度も深呼吸をした。

第三章　雲のかたち

百科辞典全三十四巻を自分の部屋に移して、志穂子は六月に入ると、〈ア〉の項から読み始めた。

午前十時から正午までをそのための時間にあて、昼食後、一時間ほど横になると、二時から風呂の掃除をする。それが終わると、紅茶とケーキを母と一緒に食べ、そのあと近くのスーパーマーケットに散歩を兼ねた買い物に出かけ、わざと遠廻りをして帰宅し、夕飯の仕度の手伝いをする。

夜は、また二時間ほどの時間を、高校一年生用の英語と数学、それに日本史の教科書を使っての勉強にあてた。

集中して小さな活字を追うことに慣れていなかったので、最初のうちは三十分もすると、頭がぼおっとしたり、目がすぐに疲れたりしたが、十日もたつと慣れてきて、とりわけ百科辞典を読むのが楽しくなった。

父も母も、志穂子がダテコのアパートで梶井に逢ったことは知っていた。けれども、ダテコのアパートから帰宅した志穂子が、梶井に逢って絵葉書の礼を述べたことを伝え、わずか二十分もたたないうちに別れたという説明をすると、怪訝《けげん》な表情を浮かべただけで、それ以上の詮索はあえて避けるかのように、他の話題に話を移してくれた。

志穂子には、ひと目でわかったのである。梶井がこの自分に逢いたくなかったこと、とか、絵葉書の文意は、すでに過去のものと化している、とか、梶井は想像していたよりも精気がなく、煮えきらない性格の男性だ、とかが……。

人の気持ちは絶えず変化しているのだから、ポルトガルで絵葉書をしたためた瞬間の心が大きく変節していても、何も不思議ではない。まして、変節してしまったあとに、あのような絵葉書を送った相手と逢うのは、随分気まずいことだろう……。

志穂子はそう思って、わざわざこの自分のために、蓼科から東京まで出向いてくれた梶井に申し訳なさばかりを感じた。

それよりも、志穂子を不審にさせたのは、尾辻玄市の気遣いに対してであった。

「まったく梶井ときたら、いいかげんなやつだからな。慎重な性分なのに、つまらないミスが多すぎるんだ」

尾辻は、ダテコと一緒にアパートに戻ってくると、憮然とした顔つきで、しかもひどく居心地が悪そうに、そう言ったのである。

「たった二十分ほどで、志穂子さんの前からしっぽを巻いて逃げだしやがって……。こんどあいつと逢ったら、ただじゃおかないぞ」

尾辻は、あたかも自分の非礼でもあるかのように、それと似た言葉を投げかけてきたのだった。

ダテコは、六月に入ると、美容学校の実技試験があるので、それが終わるまでは電話もかけられないと言っていたが、その試験も、そろそろ終わったころだなと、志穂子は思った。

志穂子が、ぶあつい百科辞典から目をあげ、カレンダーを見ているとき、階下の電話が鳴った。ダテコからではあるまいか。志穂子は応対している母の言葉で立ちあがった。

「先日は、志穂子がお世話になりまして。こんどは近いうちに、ぜひうちへお越し下さいね」

と母は言った。

「ダテコなの？」

志穂子は階段の手すりにつかまって訊いた。母は志穂子を見あげて大きくうなずいた。

「私、もうへとへと」

志穂子が電話に出るなり、ダテコはそう言った。

「試験はうまくいった？」

「うまくいったような気もするし、まるで駄目だったような気もするし」

とダテコは言ったが、言葉つきは朗らかだった。

「尾辻さんに、例の件、伝えといてくれた？」

と志穂子は訊いた。せっかくの休日を、自分のために費やしてくれた尾辻とダテコに食事をご馳走したいという申し出をしてあったのだった。

「せっかくのご好意だから、ご馳走になろうかって言ってたわ」

「ああ、よかった。どんな物がいいかなァ。私、どこにどんなお店があるか、ぜんぜん知らないから、父に相談したの。そしたら、父の会社でよく使う銀座の中華料理屋はどうかって。とてもおいしいらしいの」

と志穂子は言った。

「うわっ、豪勢だなァ。私は異議なし。もう二人で決めちゃいましょうよ。尾辻さんは、今度の土曜日、休みだって言ってたわ」

「じゃあ、父に電話して、今度の土曜日の夜、その中華料理屋さんの予約をしてもらうわ」

「うん、決めちゃおう」

そう言ってから、声を落として、

「梶井さんが東京に来てるの。ロビンソンに来たんだって」

とダテコは言った。

「ロビンソンに？」

「私、試験で休みをもらってたから知らなかったんだけど、ヤマキ・プロダクションに顔を出して、そのあと矢巻さんとロビンソンで話をしてたらしいわ。梶井も馬鹿だな、もうしばらく身を隠してりゃいいものをって、ロビンソンのマスターは笑ってた」

それからダテコは、いつもの早口で、矢巻は樋口由加の夫となった香港の宝石商をゆすって、すでに多額の弁済金を手にしてたのだと言った。

「ロビンソンのマスターが誰かと電話で話をしているのを、私盗み聞きしちゃったの。矢巻さんたら、それなのに、まだ梶井さんからも金を取るつもりなのよ」

「樋口由加さんの旦那さんが、弁済金を払ったこと、梶井さんは知らないの？」

と志穂子は訊いた。

「さあ、どうかなァ……。もしそのことを知ってたら、尾辻さんの耳にも入ってると思うわ。私、尾辻さんからそんな話を聞いたことがない」

矢巻という男は、見かけ以上に悪いやつなのだ。ダテコはそう言った。

「でも、梶井さんも失礼しちゃうよね。ラブレターを出す相手の名前を間違えるなんて。そんなの謝って済む問題じゃないわよ。人間に対する冒瀆よ。私、あとから尾辻さんに説明されて、頭にきちゃった。志穂子が可哀そうで、なんだか電話かけにくかったの」

とダテコは言った。

ラブレターを出す相手の名前を間違えた……？　それはいったいどういうことなのだろう。志穂子は、ダテコの言葉の意味が、とっさには解せなかった。

「相手を間違えたって？」

そう訊き返しながら、志穂子は体が熱くなり、頬や腕に鳥肌がたつのを感じた。

ダテコは、志穂子の問いに、つかの間黙り込んだあと、

「梶井さんは、そのことを志穂子に謝ったんでしょう？」

と訊いた。志穂子は、受話器を耳にあてがったまま、そっとかぶりを振った。けれども、そんな志穂子の仕草はダテコには見えないので、重苦しい沈黙だけをダテコに伝える結果となった。

「やだあ、じゃあ、梶井さんは、何を志穂子に言って帰ったの？」

とダテコは甲高い声で訊いた。

「あんな絵葉書を突然送ったりして申し訳なかった……。そう言っただけなの」

「何なの？　いったいそれは何なのよ。私、いまから、志穂子のおうちに行くわ。行ってもいいでしょう？」

「きょうは、美容学校の授業はないの？」

「試験が終わったから、来週の月曜日まで休みなの。アルバイトも、ついでに休んじゃう」

「じゃあ、泊まっていったら？　その用意をしてきたらいいわ」

駅に着いたら電話をかける。ダテコはそう言って電話を切った。

志穂子は、母に、ダテコが来ることを伝え、二階にあがろうとした。

「お紅茶を入れたのよ」

母にそう言われて、志穂子は居間のソファに腰かけた。そうなのか。梶井は、あの絵葉書を、別の女性に送ったつもりだったのか……。この私にではなかったのだ。名前を間違えたということは、そのように解釈する以外ない。梶井は、本当のことが言えなくて、あんなにそそくさとダテコのアパートから出て行ったのだ……。

「どうしたのよ。何かあったの？」

母が心配そうに訊いた。志穂子は笑みを浮かべ、

「たいしたことじゃないの」

と答えた。

志穂子は、たいしたことじゃない、たいしたことじゃないと心のなかで何度も繰り返した。それなのに、コーヒーカップを持つ手が震えた。

落胆でもなければ屈辱でもない。なんだかわけのわからない感情が、志穂子をひどく動揺させていたが、

「なんのこれしき」

と自分を叱咤するようにつぶやき、ダテコが泊まりにくるのだから、夕飯の献立を変えなければならないと母に言った。

「そうね。伊達さんは、どんなものがお好きなのかねェ」

母はそう相槌を打ちながら、志穂子の表情を盗み見ていた。そして、

「たいしたことじゃないって言われると、たいしたことだったんだなって勘ぐっちゃうわねェ」

と志穂子に言った。

「ほんとに何でもないの。それより、きょうのお献立を考えなきゃあ。スーパーには、あんまりいいお魚はなかったわ。やっぱり、ステーキにしようかな。アスパラガスのサラダを作るわ」

「梶井さんのことなの？」

と母は訊いた。

「何でもないったら。梶井さんとは、ダテコのアパートで逢って、二十分ほどで別れて……。それで終わりよ。梶井さんは、あんな形で〈サモワール〉を解散させて、あとのごたごたがいまもつづいてるから、私に出した絵葉書のことも、もう済んでしまったことなの。人間て、そんなことがよくあるでしょう？　私、べつに気にしてない

私は強いのだ。志穂子はそう思った。今度こそ、少しは良くなっているだろう。そんな期待を抱いて、三ヵ月ごとのレントゲン撮影にのぞみ、そのつど、いっこうに好転していないという医師の言葉を受けとめてきたのだ。十五年近くも、期待は裏切られつづけた。十五年近くも……。それでも、この私は病気に勝った。私は強いのだ。健康になり、家族とともに暮らせるようになり、好きなときに好きなところへ外出できるようになった。それ以上の幸福は、いまのところ、私には無用なのだ。梶井に感謝こそすれ、腹を立てたり憎んだりするのは、おかどちがいというものだ。

もの」

「それだったらいいんだけど」

と母は言った。

　志穂子は、母に、

「スーパーに行ってくる。ダテコのために、上等のお肉を買ってくる」

そう言って立ちあがった。

「志穂子のお友だちが泊まりにくるなんて、はじめてよね」

と母は言い、いつもの気ぜわしい身のこなしで財布を取りにいった。

私に送ったのではないのなら、いったいあの絵葉書は、本当は誰に宛てて出されたのであろうと志穂子は思った。

梶井克哉が〈サモワール〉のメンバーとして、あの療養所へ来たのは、ただの一回きりだった。名前を間違えるくらいだから、それ以前から見知っていた女性ではない。ボランティアでコンサートを催してくれたあの日に、梶井の心をとらえた女性なのに違いない。

志穂子は、家の前の急斜面を歩いていきながら、当時の入院患者とか、自分と同年齢の看護婦の顔を思い浮かべた。

すると、極く自然に、ひとりの女性の姿が浮かび出た。松本市内の旧家の娘で、東京にある女子大を卒業してまもなく肺結核にかかり、志穂子と同じ病棟に一年ほど入院していた江崎万里という女性であった。

療養所では、よほど重症でなければ個室に入らないのだが、江崎万里は、院長に頼み込んで、入院してきた日から個室で暮らした。

古い暖簾《のれん》を誇る旅館だけでなく、軽井沢や蓼科に何軒かのレストランを経営する金持ちの一人娘だということは、志穂子の耳にもすぐ伝わってきた。

そのときどきで印象が大きく変わるのだが、きつい感じのする、自分の美しさを十分に知っている美人によくあるタイプで、志穂子はあまり好感をもてなかった。

個室ってのは、意外と不自由なのよ。相部屋に移ったらいいのにと勧める看護婦に、

「だって私のは軽症なのよ。重症の、もう何年も入院してる患者の厄介な結核菌なんかうつされたくないわ」

と答えている江崎万里の言葉を、たまたま廊下を歩いていた志穂子は耳にしたのだった。そのとき、志穂子はいやに反発を感じた。だから、廊下ですれちがっても、自分のほうから話しかけたりはしなかった。江崎万里も、他の入院患者と親しくするということはなかった。

〈サモワール〉が、病院の中庭でコンサートをひらいたとき、江崎万里は、私の左隣に坐っていたっけ……。

志穂子は、そのことを思い出し、我知らず立ち止まると、しばらく足元のアスファルトに視線を落とした。

梶井があの絵葉書を送った相手は、この私ではなく、きっと江崎万里に違いない……。そう確信した瞬間、志穂子は、梶井が蓼科の知人の家に身を隠していることを思った。江崎万里の実家は、軽井沢や蓼科に何軒かのレストランを経営しているという噂とそれは合致するのだった。

「すごくきれいな人だもん……」

と志穂子はひとりごち、

「まぬけな人……」

と声に出して言った。梶井がまぬけなのか、それとも自分がまぬけなのか、志穂子にはわからなかった。

志穂子は、あの絵葉書を梶井に返そうと思った。あの絵葉書は、本来、受け取るべき人に届けられなければならないと考えたのである。

そのような考えが、つまるところ、大きな落胆と屈辱から生じていることに、志穂子はやがて気づいたが、それでもなお、絵葉書を梶井に返そうという意志は強まるばかりだった。

志穂子は、買い物を終えて帰宅し、母と一緒に夕飯の下ごしらえにかかった。このことは、両親にも妹にも黙っていよう。志穂子はそう決めた。

ダテコは、駅に着いたら電話をすると言ったくせに、自分で住所を捜して、志穂子の家へやって来た。いつもジーンズをはいているのに、地味なワンピースの上に木綿のジャケットを着ていた。

「このあたりは、高級住宅地なのね。駅からここまでの道に、すごいマンションが何軒もあったわ」

ダテコは、志穂子の母と挨拶をし、おみやげに持って来たケーキを渡すと、二階の志穂子の部屋に入るなり、そう言った。

「いまは、そんなふうになったけど、この家を買ったときは、このへんはいなかだったの。他の家も、ちらほら建ってただけ。私が幼稚園に行ってたころなの」

と志穂子は笑顔で言った。

「その服、とても似合うわ。おめかししたダテコを初めて見ちゃった」

「だって、志穂子の家の人に、すれっからしのいなか者だなんて思われたくないんだもん。でも、ジーンズ、持って来ちゃった。それからパジャマも」

ダテコは、大きな手提げ袋を叩いて言った。そして、幾分上目使いに志穂子を見やり、

「ごめんね。私、言わなくてもいいことを言っちゃって。だって、梶井さんの口から聞いたもんだと思ってたから。尾辻さんも、そう思ってるわ」

「いいの。梶井さんは、言いにくかったのよ。私、逆の立場だったら、どうしようかって頭をかかえるわ。逆の立場になることなんて、たぶんないけど」

何か言いかけたダテコを制し、

「もうやめましょう。私、恥ずかしくって」

と志穂子はつぶやいた。実際、志穂子は恥ずかしくてたまらなかった。

「うん、やめよう、やめよう。きょうはお祝いなんだ」

とダテコは、眉を八の字にさせて笑顔で言った。

「何のお祝い？」

「兄貴が日本に帰ってくるの」

「えっ？　ダテコ、お兄さんがいたの？」

「いままでは、いなかったのとおんなじなの。高校を途中で辞めて、行方をくらましてたから。お母さんも私も、兄貴のことは、もうあきらめてたの。それがきのうの夜、ローマから電話をかけてきたの。私、びっくりしちゃった。だって、ローマで暮らしてたなんて、ぜんぜん知らなかったんだもん」

とダテコは言った。

ダテコは、自分の兄が高校一年生のときに、素行の悪いグループと親しくなり、教師を殴って退学処分になったことや、それ以来、幾つかの工場や会社に勤めたがどれも三ヵ月とつづかず、母の預金を勝手におろして競輪や麻雀に使い果たすという時期があったことを志穂子に話して聞かせた。

「ほんとは、気の弱い、涙もろい性格なんだけど、どこかでボタンを掛け違っちゃったのよね。二十歳になったとき、行方がわからなくなったの。でも、それまでにも、お母さんの預金だとか、私の預金を盗んだりしてたから、私は兄貴がいなくなって、やれやれと思ってたんだ。だから、きのう、ローマから国際電話をかけてきたときは、また何かを起こして、お金を用立ててくれって言うんだろうなって思っちゃった」

「そうじゃなかったの？」

という志穂子の問いに、

「日本に帰ってから、くわしい話をするって言ってたけど、イタリアの北のほうの、小さな町のレストランで働いてたんだって。最初は、そのイタリア料理店の皿洗いとか掃除とかをしてたんだけど、そのうちコックの見習いになって、去年の夏には、お店のナンバー2のコックに昇格したんだって言ってた。私、信じられなかったんだけど、喋り方なんか、とっても元気が良くて、崩れた感じは受けなかった」

とダテコは言った。

「いつ帰ってくるの？」

「あさっての夕方、成田に着くらしいわ」

「行方がわからなくなってから何年たつの？」

と志穂子は訊いた。

「丸六年。パスポートの期限は五年でしょう？　更新の手続きは、イタリアでは出来ないはずなのよね。ということは、兄貴は一度日本に帰ってきてるはずなのよ。まじめに働いてるんだったら、どうしてそのとき連絡してこなかったのかなァ……そこんところが、ちょっと心配なのよねェ」

「ダテコのお母さんには、もうしらせたの？」

と志穂子は訊いた。

ダテコは大きくうなずき、

「お母さん、なんかすごくうろたえて、何を喋ってるのか、よくわからなかった。歓びと不安が半々て感じね。でも、泣いてたわ。イタリアって、どこにあるんだいって訊いてた」

「成田へ迎えにいく？」

「うん、迎えに行く。顔を見たらわかるでしょう？　いま兄貴の性根が、昔と一緒だったら、私、はっきりと縁を切るの。だから、空港の待合ロビーに隠れてて、兄貴が税関のところから出てくるのをそっと見てるつもり。顔を見て、あっ、こりゃ駄目だと思ったら、声をかけずに帰ってくるわ」

　ダテコは、しばらく考え込んでから、志穂子に、空港まで一緒に行ってくれないかと言った。自分の兄の人相を見きわめてくれないか、と。

「私が？　そんなこと出来ないわ。顔を見たくらいで、ほんとにまじめになったのかどうかなんて見きわめられないわよ」

　志穂子は、どうやら本気らしいダテコの顔を見つめて、そう言った。

「志穂子になら、わかるわよ。だって、志穂子は、十八年間も、病院でいろんな患者を見てきたのよ。平々凡々と生きてた連中よりも、はるかに人間を見る目がそなわってるわよ。ねェ、一緒に成田へ行ってよ」

　ダテコは志穂子の手を握ってそう頼んだ。

「成田空港って、遠いんでしょう？」

　志穂子は当惑顔で訊いた。

「世界中で最悪の飛行場だって、いろんな人が言ってる。だって、ちょっと道が混んだら、成田空港から都内まで三時間くらいかかるんだもん。成田空港に着いても、あぁ、日本に帰ってきたって気がしないって、お店のお客さんが言ってたわ。まだ長い道中の途中だって思うんですって」

しかし志穂子は、国際線の飛行機が発着する空港へ行ってみたくなった。志穂子は、空港というところへ、一度も行ったことがなかったのである。

「一緒に行ってあげてもいいけど、私の眼力なんてあてにしないでね」

と志穂子はダテコに言ってから、

「でも、ダテコのお兄さんが、ちゃんとまじめな人になってるって思ったら、ダテコは声をかけて、お兄さんと一緒に帰るでしょう？　そしたら、私なんて邪魔者よ。お兄さんも、何だ、この女はって思うわ」

「私の親友だって紹介するわよ。無理矢理、頼んでついてきてもらったんだって」

とダテコは、はしゃいだ口調で言った。

「つもる話もたくさんあるでしょう？　私がいたら邪魔だと思うけど……」

「とにかく、まっさきに、十六万三千円を兄貴から返してもらうの。それを返してくれなかったら、私、兄貴を信用しない。そのお金は、私が中学と高校のときに、アルバイトで必死に貯めたお金なんだから。それをそっくり銀行から引き出して、行方をくらましたのよ。私のカードの番号を、兄貴がどうして知ってたのか、さっぱりわからないのよね。私、用心深いから、自分の誕生日とか電話番号とかをカードの番号になんかしなかったの」

「どんな番号にしたの？」

と志穂子はいたずらっぽく笑いながら訊いた。

「私、三ていう数字が好きだから、三三三三にしてたの。兄貴にお金を盗まれてから、〇〇〇三に変えたけど」

そう言ってから、ダテコはあわてて自分の口をおさえた。

「ありゃあ、志穂子にばらしちゃった」

志穂子は声をあげて笑った。ダテコが遊びに来てくれてよかったと思った。

志穂子は、療養所の主治医である浦辺先生が、志穂子の退院後の生活に関してもっとも危惧していたことが何であるかを知っている。

もちろん、結核の再発ということも用心を要するのだが、それよりも、社会生活と融合することが出来ずに、心を次第に病んでいく状況を恐れていたのだった。

長い入院生活ののちに退院していった患者はたくさんいた。しかし、そのなかには、肉体ではなく、心の病にむしばまれて、再び病院の門をくぐる者もたくさんいた。

社会から大きく取り残されてしまったという劣等感によって病む者もいれば、社会復帰に対してあまりに気負いすぎて、現実という化け物にはじきとばされ、立ち直れなくなっていく者もいた。

長いあいだに、身心に染みついてしまった無力感を払拭できないまま、自分の世界だけに閉じ籠ってしまう者もいれば、無意識のうちに、療養所という浮世から隔離された安全で静謐な囲いのなかへ帰ろうと願う者もいる。

とりわけ、志穂子のような特殊な患者は、それらのうちのいずれかの理由によって、精神を傷つけられていく場合が多いのだった。

小児結核は、医学の進歩によって、ほとんど百パーセントの治癒率に達している。そんななかにあって、志穂子は、六歳から二十三歳までを療養所ですごした。それはじつに稀な症例でもあった。

だから、浦辺医師は、療養所での医師勤めを辞めたいまでも、二十日に一度くらいの割合で、志穂子に電話をかけてくれる。

「あんまり頑張るんじゃないよ」とか、

「志穂子ちゃんの体も心も、ゆっくりゆっくり、この娑婆世間に慣らしていくことだ。無理に慣れようなんて考えるんじゃないよ」

とかの言葉を、浦辺先生は電話を切る際、必ず口にする。

志穂子は〈娑婆世間〉という言い方がおもしろくて、その言葉を辞書でしらべたことがあった。すると、それは仏教用語であることがわかった。刑務所のような、拘束された生活を強いられている人間が、自由な場所をさして〈シャバ〉と呼ぶのは、じつは間違っているのだと知ったのだった。

この世の中は、汚濁の坩堝《るつぼ》で、悪意や不幸や嫉妬が渦巻いている。それは、人間のうごめく世界だから当然のことである。その人間たちの世界を娑婆世間という……。志穂子が読んだ本には、そう書かれてあった。

「私、国際空港に行ったことがないから、あさって、成田までついてってあげる」

と志穂子はダテコに言った。

「ほんと？　ありがたいわ。でも、往復六時間かかるかもしれないからなァ」

ダテコは、そう言ってから、心配そうに志穂子を見やった。

「私、そんなに長い時間、バスに乗ったことないわ。うん、たぶんないと思う。まだ病気にかかる前に、両親とバスに乗って、どこかへ遊びに行ったことがあるかもしれないけど、私はおぼえてないから」

志穂子はそう言って、ダテコに、気楽な服に着替えたらどうかと勧めた。けれども、ダテコは、志穂子の父に挨拶するまでは、このままの格好でいると答え、志穂子の部屋の壁を指差した。そこには、細長い紙が二枚ピンでとめてあるのだった。

「あれ、何なの？」

とダテコは訊いた。

「一枚はポルトガル語で、もう一枚は英語なの。ポルトガルの旅行ガイドに載ってたの。日本語に訳すと〈ここに地終わり　海始まる〉なの」

と志穂子はダテコから視線を外して、小さな声で言った。

それは、ポルトガル語では、

〈onde a terra se acaba e o mar começa〉

であり、英語では、

〈where the land ends and the sea begins〉

と書くのである。

「訊かなきゃよかった」

ダテコは立ち上がって、その紙をピンでとめてあるところへ行き、

「間違えました、ごめんなさいじゃあ、すまないわよねェ」

と気まずそうに言った。

「だって、間違えたんだから、しょうがないじゃない」

「私、梶井さんを見そこなっちゃった。やることが軽率よ。尾辻さんもそう言ってた

わ」

　そのダテコの言葉に、

「でも、私、ほんとのことがわかってよかったって思うわ。こんな誤解は、お互い、迷惑ですものね」

　と志穂子は言ったが、軽い眩暈《めまい》を感じて、そっと頭を振った。

「だけど、相手の名前を間違えたってこと、梶井さんはどうやってわかったのかしら。絵葉書を送ったあと、志穂子をどこかで見たのかしら。そうでないと、理屈に合わないじゃない？」

　ダテコの言葉で、志穂子は確かにそのとおりだと思ったが、この自分を見なくても、間違いに気づく方法がひとつあると考えた。それは、梶井が絵葉書を送った本当の相手に逢うことだった。〈蓼科〉という地名と〈江崎万里〉という名前は、やはり、そこでもひとつに結びついてしまう。

　けれども、志穂子は、江崎万里という名を口に出すのはやめた。私は、梶井の間違いに気づき、しかも、傷ついていない。それを梶井に教えるために、あの絵葉書は梶井に返さねばならぬ……。志穂子は再びそう思った。

翌々日、志穂子は、ダテコとの待ち合わせ時間に遅れないよう、少し早めに家を出た。

ハンドバッグのなかには、絵葉書と、梶井への短い文章をしたためた便箋とが封筒に入れてしまわれてあった。

——この絵葉書は、私が受け取るべきものではなかったのだと、尾辻さんを通じて知りました。いつまでもわたしの手元にあるのは、梶井さんにとってご迷惑だろうと考え、お返しすることにいたします——。

昨夜、たったそれだけのことを書くために、志穂子は三時間近くもかかったのだった。便箋を何枚破り捨てたかしれない。

どう書いても、どこか未練がましさがこもっているようだったし、事務的にかくと、こんどは、負けおしみをむき出しにした文章になるような気がした。それで、結局、そのような文面に落ちついたが、書き終えると、志穂子は頭のなかに石でも詰まっているような感触に悩まされて、夜中の三時ごろまで寝つけなかった。

駅への途中にある公園で、志穂子は十五分ほど日なたぼっこをした。

「十五分以上は駄目ですよ」

療養所にいたころ、婦長はよく志穂子にそう言ったものだった。天気のいい日、ガ

ウンを着て、病院の中庭で日光浴をしている志穂子に、婦長はその言葉と一緒に、

「耳鳴りがしたら、隠さないで教えるのよ」

と言うのが決まり文句であった。ストレプトマイシンを、もう一年近く打ちつづけていたので、十二歳の志穂子の聴力に、婦長は気を配っていたのだった。

志穂子は、日の光が体を重くさせてこないのを確かめた。病状が最も不安定だった十二歳のころ、志穂子は、婦長に注意されなくても、十五分以上の日光浴に耐えられなかった。

春の始まりの太陽ですら、病気に冒されている体には強すぎて、眩暈やら脱力感やらをもたせてくる。病室に戻ると、何やらぐったりして、横にならずにはいられない。横になることがこんなにらくなことなのかと、十二歳の志穂子は、そのたびに思いしらされたのである。

志穂子は、

「十五分以上は駄目ですよ」

と当時の婦長の口調を真似てつぶやき、腕時計を見た。公園のベンチに坐って、二十分ほどたっていたが、眩暈にも脱力感にも襲われなかった。

「私、元気になっちゃった」

志穂子は、そうつぶやいてみた。元気になることが、いまの私の最大の仕事だ。それ以上のことを求めるのは贅沢というものだ。あと半年たって、もっともっと元気になったら、自分のこれからについて考えよう。それまでは考えないでおこう。

「さあ、世界で最悪の飛行場へ行くぞ」

志穂子は、かすかに微笑んで立ちあがった。

ダテコがおどかしたほどの時間はかからなかったが、空港行きのリムジンバスが成田空港に着くのに二時間かかった。

「帰りも二時間かかるのかと思うと、ぞっとするわねェ」

どことなく気もそぞろといった表情で、ダテコはバスから降りながらそう言った。

「でも、私は三時間の覚悟をして乗ったから、意外に早く着いたなって気分よ」

と志穂子は言い、国際線の到着ロビーに向かったが、その人混みに気圧《けお》されて目が痛くなった。

「こんなにたくさんの人のなかで、お兄さんをみつけられる？」

志穂子はダテコの肩をつかんで訊いた。

「だって、出口はあそこだけだもん」

ダテコは、鏡のようになっている自動ドアを指差した。そこから旅行者が出てくるたびに、税関で並んでいる人々が見えた。

案内板を見ると、ダテコの兄が乗った飛行機は、予定どおりの時刻に着くらしい。

「着陸するとね、あそこに着陸したっていう表示が出るの。その表示が出てから、だいたい二、三十分ぐらいかかるかな。おかしな物を持ち込もうとして税関で捕まらないかぎりだけど」

「おかしな物って？」

「だいたいが麻薬よ」

着陸の表示が出てから十分ばかり、志穂子とダテコはロビーの隅の椅子に腰かけていた。その間に、志穂子はハンドバッグから封筒を出した。

「これを尾辻さんに頼んで、梶井さんに渡してほしいんだけど」

ダテコは、オーケーと言って受け取ったあと、

「梶井さんに手紙を書いたの？」

とさぐるように訊いた。

「手紙も入ってるけど、あの絵葉書を返そうと思って……」

「えっ？　返しちゃうの？　志穂子を元気にしてくれた大事な絵葉書でしょう？」

「だって、梶井さんは、私に送ったんじゃないんだもの。天野志穂子って女が、あの

絵葉書をいつまでも持ってるのかって思ったら、梶井さんにしてみたら、なんだかいやなもんでしょう」

ダテコは、その志穂子の言葉で、そっと首をかしげて考え込んでいたが、

「こんど尾辻さんに逢ったら、志穂子がそう言ってたって伝えて、ちゃんと忘れないで渡しとくわね」

と言って、ショルダーバッグのなかに入れた。

「もうそろそろ出口のところに行っといたほうがいいんじゃないの？」

志穂子の言葉で、ダテコは立ちあがり、人混みをかきわけて出口の前に行った。志穂子は、人混みのなかに入る気になれなくて、ダテコの頭がやっと見える場所に立っていた。

キャリングカーに荷物を載せて、旅行者が次から次へと出てきた。そのたびに、ダテコの背伸びしている姿が見えた。

そのうち、ダテコのうしろ姿は人混みから消え、いつのまに廻ったのか、志穂子は肩をダテコに叩かれた。

ダテコと同じくらいの身長の、日本人の男性としては小柄な、丸顔の、柔和な目をした青年が、ダテコのうしろに立っていた。

「私の兄貴。博史っていうの」

ダテコは、そう言ってから、自分の兄にも志穂子を紹介した。

母や妹の預金を盗んで行方をくらました男という先入観があったので、髪を短く刈りあげた実直そうな表情に、志穂子はとまどいを感じた。

「お帰りなさいませ」

と志穂子はダテコの兄にお辞儀をした。すると、伊達博史も、慌てて頭を下げ、

「わざわざ、こんな遠くまで来て下さって」

と言った。

バス乗り場へと向かいながら、志穂子は、

「何のために私をつれてきたのかを、ダテコは忘れたでしょう」と訊いた。

「何のためって？」

「お兄さんが、ほんとにまじめになったのかどうかを、隠れて観察してくれって」

「ああ、そうだったわね。私、なんだか興奮してて、そんなこと、まるっきり忘れてたわ」

とダテコは言って、舌を出した。

「堅物《かたぶつ》の職人さんて感じ。昔、ぐれてたなんて嘘みたい」

と志穂子は言った。ダテコは、眉を八の字にさせ、笑顔で、

「そうかなあ、ほんとにそう思う？」

と訊き返したが、そのことはもうすでにダテコ自身が一瞬に確認していたのだと、志穂子は思った。

「タクシーにしよう」

いったんバス乗り場に並んだのに、博史はそう言ってタクシー乗り場へと歩きだした。

「今夜だけ、お前のアパートに泊めてくれよな。あしたはお袋のところへ行くから」

と博史は妹に言った。

ダテコは、思い出したように歩を止め、兄に片手を突き出した。

「私のお金、返して。それを返さないと、何にも始まらないんだから」

「わかってるよ。ちゃんと返すけど、いまはドルとマルクしか持ってないんだ。日本円は三万円とちょっとしかない」

「お母さんのお金も、ちゃんと返すのよ」

「当たり前だよ。返せない状態だったら、おめおめと日本へ帰れるか」

兄妹の会話を聞いているうちに、志穂子は、二人きりにしてあげたほうがいいと考

え、

「私、バスで帰るわ。せっかく来たんだから、離陸する飛行機も見たいし」と言った。

伊達博史は、長い列のできているタクシー乗り場に並んだまま、

「飛行機が離陸するところを見たいんですか？」

と不思議そうに志穂子に訊いた。

「ええ。私、テレビでは見たことがあるけど、実際に飛行機が滑走路を走って、空に浮きあがっていくのを、見たことがないもんですから」

「どうしてかは、あとで説明するわよ」

とダテコは兄に言った。しかし、ダテコは、迷いながらも、自分たちと一緒にタクシーで帰ったほうがいいのではないかと志穂子に勧めた。

「長いことバスに揺られるのって、かなり疲れるわよ。帰りも遅くなるし……」

すると、博史は、

「青山で、知り合いが寿司屋をやってるんです。ぼくたちと一緒にお寿司を食べませんか？　ぼくがご馳走しますから」

と誘った。ダテコは、そんな兄のみぞおちを殴る真似をし、

「お金はどうするのよ。三万円とちょっとしかないくせに。私の財布をあてにしないでね」

と言って、口をへの字にした。

その店の主人は、イタリアで知り合った人で、日本に帰ってきたら、とりあえず店に顔を見せるようにと言われている。その人が出資し、自分が店長になって、近々、渋谷にイタリア料理店を開店するのだと博史は説明した。

「店の工事も、あと十日ほどで完成するんだ」

博史は、お金のことはまったく心配しないでいいから、今夜は自分たち兄妹と一緒に寿司を食べてくれないかと志穂子に頼んだ。

「こいつと二人きりだと、ケンカになりそうで……。とにかく、ぼくは妹に何を言われても、言い返す言葉なんてないんだけど」

と博史は言った。

「当たり前よ。私もお母さんも、兄貴のお陰で、どれだけ苦労したと思ってんのよ」

「お前は、俺と話をするときは、すぐにケンカ腰になるだろう？　まあ、腹を立てる気持ちはよくわかるけど」

志穂子は、博史の誘いに応じることにした。離陸する飛行機と、おいしい寿司を天《てん》秤《びん》にかけると、寿司のほうに心が傾いたのだった。

タクシーのなかで、ダテコは兄に、志穂子についてかいつまんで説明した。

「えっ！　十八年も？」

博史は、大声で言い、志穂子を見つめた。タクシーの運転手も、バックミラー越しに志穂子を盗み見たので、志穂子はそっと後部座席の窓をあけた。

「それは、とんでもないことだったたんだなァ」

その博史の言い方がおもしろくて、志穂子は微笑んだが、

「なにをすっとんきょうなこと言ってんのよ」

とダテコは頭ごなしに兄に言った。

しかし、志穂子は、ダテコの兄が、はからずも言った〈それは、とんでもないことだったんだなァ〉という、感慨をすなおにあらわした言葉を、妙に、深い言葉として、自分に言い聞かせた。

たしかに、それは、〈とんでもないこと〉だったのだな、と。しかも、それぞれ、人によって形は違っても、その〈とんでもないこと〉は、どんな人にも起こっているに違いない、と。

しからば、自分は、どうして、〈病気〉という事態に見舞われたのであろう。

ダテコにとっては、おそらく、父が死に、兄がぐれたということは、〈とんでもない〉ことだったろう。

人には、それぞれ、その身に応じて、それなりの〈とんでもない〉ことが、暇なく起こっている。けれども、私が永遠に子供であれば、私に生じた災厄に、私が本気で悩むことはない。私の不幸について悩むのは、私の父と母なのだ。ということは、志穂子という娘の災厄は、じつは、私ではなく、私の父と母の災厄だということになるのではないか……。

もし、私が、知能や感情がないという災厄のもとに生まれていれば、私はそのことについて悩む能力もないが、父や母は、悩み苦しむだろう。あるひとつの災厄について悩む場合、それは、現実に悩む人に与えられた災厄ではないだろうか……。

つまり、私の十八年間の苦しみは、この私という娘を持たねばならなかった、私の父と母の悩みなのだ……。

志穂子は、こつこつと貯めた金を、自分の息子や兄に盗まれた、ダテコの母やダテコのことを考えた。

悩みとは、真に、現実的に、悩みに直面させられた人の〈責任〉ではないだろうか。

そう思ったとたん、志穂子は、突然、自分でもとまどうほどの、飛躍していると思える考えを口にしていた。

「悩んでる人が、当事者なのよね」

それは、場違いな、その場と何のつながりもない言葉だったので、ダテコも博史も、犬が人間の言葉に耳をかたむけるみたいな顔をして、志穂子を見やった。

「私、間違ってた」

と志穂子は言った。

「人に不幸を与えちゃあいけないわね。私、お父さんとお母さんに、十八年間も、不幸を与えてたの。私なんか、さっさと死ぬべきだったのかもしれない……」

ダテコは兄を見、兄はダテコを見、運転手は、バックミラー越しに志穂子を見ながら、それほど混んでもないのに、舌打ちをして、

「混みだしたなァ」

と言った。

「私よりも、お父さんやお母さんのほうが、何百倍も悩んでたのね」

志穂子は、体を熱くさせながら言った。

「とんでもないことに見舞われたのは、私じゃなくて、私の両親だったんじゃないか

しら」

志穂子は、自分の熱っぽさをとりつくろうかのように、いつもより穏やかな口調で言った。

「志穂子、大丈夫？　どうしたの？」

とダテコは訊き、志穂子の次の言葉を待たずに、

「兄貴が失礼なこと言うからよ」

と博史をとがめた。

「そうかなァ。俺、失礼だったかなァ」

「失礼なことなんか言ってないんです。私、ほんとに、十八年も病気で入院してたことを〈とんでもないこと〉だったんだなァって思ったんです。そしたら、急に、いろんなことを考えちゃって……。ごめんなさい」

と志穂子は言った。

実際、自分はなぜ唐突な思考をめぐらせたのであろう。退院してからの疲れが、空港までのバスに揺られることで湧きあがったのだろうか……。それとも、この際限のない喧噪《けんそう》に、知らず知らずのうちに痛めつけられたのだろうか……。それとも、梶井の絵葉書の件が、自覚している以上の悲哀を与えたのだろうか……。

志穂子は、きっとその全部が、まとめて自分を疲れさせてきたのであろうと考えた。志穂子は、わざと窓外の景色に見惚《みと》れているふりをして、顔を窓に近づけた。そうやって、ダテコと博史に、兄妹の会話の時間をつくってあげようとした。

「何を思って、イタリアへなんかに行ったの？　なんかあてでもあったの？」

「うん、知り合いがイタリアにいたんだ。だけど、それはたいしてあてに出来なかったけど……。つまり、どこかで振り出しに戻らないと、ちゃんと立ち直れないからさ。そう思って、外国で一年ほど時間稼ぎをしようと考えたんだ」

「じゃあ、どうして正直に、そのことをお母さんと私に言わなかったのよ」

「だって、信用してくれるはずがないだろう。お前、俺がそんな考えを言って、金を貸してくれって頼んでも、絶対に貸してなんかくれなかっただろう？」

「当たり前よ。でも、言ってみなきゃあわからないんじゃない？　お兄さんが本気なのかどうかなんて、そのときの顔つきだとか喋り方で、こっちにはこっちの判断のやり方もあるんだから」

「でも、振り出しに戻るのに、どうして外国へ行かなきゃいけないんだって、お袋もお前も言うに決まってたから」

「手紙のひとつぐらい書けなかったの？」

「借金がたくさんあったから、居所がわかったらまずいと思ったんだ」

「イタリアのどこにいたのよ」

博史は、町の名を言い、それはイタリアの北にある人口二千人ほどの小さなところだと説明した。

手提げ鞄から二枚の写真を出し、博史はダテコにそれを手渡した。

「俺が嘘をついてないって証拠だよ」

と博史は言い、志穂子を見やって、照れ臭そうに微笑んだ。

ダテコは自分が見終わると、二枚の写真を志穂子の膝の上に載せた。イタリアの料理店のなかで、従業員たちに混じって博史が笑っている写真が一枚。もう一枚には、調理場で、なにやらキノコ類らしいものを、鍋に入れようとしている博史の姿が写っている。どちらの写真も、博史は白い調理服を着て、白くて長い帽子をかぶっていた。

「必死で、イタリア語も勉強したんだぜ」

と博史は言った。

「最初は、店の掃除夫に雇ってもらったんだ。誰の紹介でもなかったし、俺もまさかイタリア料理のコックになろうなんて気もなかったから」

「イタリア語、喋れるの？　兄貴が？　信じられないな」

とダテコは言い、

「じゃあ、『きょうは道がすいてて、予定より早く着いた』って、イタリア語で言ってみてよ」

と疑ぐり深そうに訊いた。博史は、くすっと笑い、そのことばをイタリア語で言った。ダテコは、少し機嫌を直したかのような表情で志穂子を見て、

「イタリア語みたいな感じだけど、私たちには、ほんとにそのとおりに喋ったのかどうかわかんないもんね」

と言った。それから、ダテコは、もう一度二枚の写真に見入りながら、

「掃除夫に雇われた日本人が、そんなに簡単にコックさんの勉強なんかさせてもらえないでしょう？」

と博史に訊いた。

「そりゃそうさ。どこの国の人間も、ほんとは外国人を好きじゃないからな。だから、調理場に入れてもらうのに五ヵ月かかったし、何ヵ月も、鍋を磨いたり、皿を洗ったり、包丁を研いだり……。そんなことばっかりやらされた。こんなこと、いつまでやらされるのかなァ……。もうやめちゃおうかなァ……って思ってたときに、店に

日本人の客が来たんだよ。その町が気に入って、十日ほど逗留したいんだけど、二軒しかないホテルは満員で、なんとかならないかって相談されてね。感じのいい夫婦だったから、隣の町のホテルを探してあげたんだ。その人が、いまから行く寿司屋のご主人さんなんだ」

店が休みの日、その夫婦のガイド役を頼まれて、周辺の町々を案内している際、修業というものは厳しいものだ、うちの店では、シャリを炊くのを教えるまでに、二年以上も皿洗いや掃除しかさせないと言われた。

「その人、三年後にまた逢おうって言ったんだ」

と博史は説明した。

「三年後、その人はほんとにまた俺の勤めてる店に来たんだ。そのとき、もう二年、イタリア料理を勉強しろって言われた。自分は、親から譲ってもらった土地を渋谷に持っている。そこにイタリア料理店も作ろうと思う。あと二年、イタリア料理を勉強したら、日本に帰ってこないかって」

博史はそう言うと、

「俺、自分がどんなに弱い人間かってことが、だんだんわかってきたんだ。いつ、どう気が変わって、他のことをやりたくなるか知れたもんじゃないって思ったから、お袋に、その人とのことを手紙で知らせる自信がなくてね。だって、俺ってやつは、高校も卒業できなかったんだからな」

とゆっくりした口調で言い、二枚の写真を手提げ鞄にしまった。

志穂子は、ダテコが顔を隠すみたいに窓外を見つめたまま、博史との会話をやめてしまった姿に目を注いだ。きっと、ダテコはいま泣いているのだろうと思った。

私はやはり、どこかでタクシーから降ろしてもらおう。この兄妹を、二人だけにさせてあげなくてはいけない……。そう思って、

「私、やっぱり疲れちゃったから、家に帰るわ」

と言った。

「こんなに長いこと車に乗ったことがないから」

すると、それまでひとことも喋らなかったタクシーの運転手が、

「うまい寿司を食べたら、元気が出るよ」

と言った。さらに運転手は、

「もうすぐだから、あと十五分ぐらいかな。きょうはほんとに車が混んでないね。どうしてかな……。俺も、高校を一年でやめちゃってね。ほんとに後悔してるよ。勝手に高校をやめちまったとき、お袋が泣いてた。俺のお袋、もう死んじまった……」

といやに大きな声で言った。

「運転手さんは、どうして高校をやめたんですか?」

と志穂子が訊いた。

「それが、つまんないことなんだよ。俺たちが高校生の時代って、男の生徒は坊主頭にしなきゃいけなくてね。それがいやでたまんなくてさ。髪を長くして、パーマでもかけてみたくてね。馬鹿みたいだろ? そんなこと、おとなになったら、好き放題にできるのにさあ。それに、おとなになったら、髪を伸ばして、パーマをあてるなんてことに興味なくなっちゃうのにさあ。でも、俺なんか、たったそれだけのために、高校をやめちまったんだよ。とりかえし、つかないよね。いまごろになって、なんか勉強したくなってきたけど、もう四十五だよ。息子が高校生なんだ。ロックのグループを作って、髪を金髪に染めるなんて言いやがるから、張り飛ばしてやったよ」

運転手は、そう言い、信号で停まると、博史に、寿司屋の名を訊いた。

運転手が自分に寄せてくれた彼らしい気遣いを十分に察知しながらも、志穂子はやはり帰ろうと思った。

それで、信号が変わらないうちに、自分でドアをあけて外に出ると、

「兄妹でごゆっくりね。私、もうくたくた。それなのに、ぜんぜんお腹が減ってない

の」

と言った。

「ごめんね。また電話するから」

ダテコが大袈裟に手を振り、博史は何度も頭を下げた。

タクシーが行ってしまい、雑踏のなかにひとり置かれた瞬間、志穂子は、雲ひとつない日の浅間山を見たくてたまらなくなった。

彼女は、十八年間、浅間山を見て暮らしたようなものだったが、その十八年間は病者であった。それでもなお、浅間山は、いつものんびり、どこかとんまな形で、しかも揺るぎなく堂々としていた。いつか、健康になった心身で、浅間山を見つめられる日がくればいいのに……。療養所生活の最中、志穂子はつねづねそんな願望を抱いてきたのである。

志穂子は、ダテコたちと別れてしまったことを後悔した。そして、私には友だちがいないと思った。志穂子は、退院してから手帳を買ったが、そのなかの住所録には、六人の人間の住所や電話番号しか書かれてない。父の勤め先、北軽井沢の病院、停年になった浦辺先生の自宅、ダテコのアパート、家の近くの美容院、そして、尾辻玄市の勤め先。その六つであった。その六つのなかで、手帳に書いただけでまだ一度も電話をかけたことのないのは、尾辻玄市だけだった。

尾辻は、もうダテコから聞いて、あの日、梶井が真相を明かさないまま帰ってしまったことを知っているだろうか……。

志穂子は腕時計を見た。六時五十分だった。彼女は、ほとんど躊躇《ちゅうちょ》なく、公衆電話のボックスに入ると、尾辻玄市の会社に電話をかけた。

尾辻は、電話に出てくると、

「やあ、ごぶさたしてます」

と幾分ぶっきらぼうに言った。しかし、尾辻の声を耳にしたとたん、志穂子は自分が何のために尾辻に電話をかけたりしたのかわからなくなり、言葉がうまく出てこなくなった。

「私のことで、お忙しいのに、いろいろとご迷惑をおかけしてすみませんでした」

と志穂子は、つっかえながら言った。

「そんなこと気にしないで下さい。それに、だいたいがぼくは暇ですから。いまどちらです？　ダテコも一緒ですか？」

と尾辻は訊いた。

志穂子は、自分がいる場所を伝え、ダテコとは、たったいま別れたばかりだと言った。

「お兄さんと二人きりにさせてあげたほうがいいと思ったものですから」

「お兄さん？　お兄さんて誰の？」

ああ、ダテコは尾辻にはまだ喋っていなかったのかと気づいたが、

「ダテコのお兄さんなんです。きょう、イタリアから帰って来たので、私も一緒に空港まで迎えに行って」

「イタリア……？　ダテコに兄貴がいて、その人はイタリアに行ってたんですか？」

と尾辻は大声で訊いた。受話器からは、他の社員たちの声や、電話のベルの音が聞こえていた。

「いま天野さんがいるところから五、六百メートル行ったところに、ぼくの知り合いの店があるんですよ。一階がバーで、二階がレストランになってる。もしよろしければ、食事でもいかがです？　ぼくはすぐに社から出られるから、だいたい二十分でその店に着きますよ」

そう言ってから、尾辻は、店の名と道順を志穂子に教えた。

「隣が本屋で、真向かいに確か時計屋があったと思うな。その店のバーで何か飲んでて下さい」

尾辻は、志穂子が何も返事をしないうちに電話を切った。

来た道を戻って、尾辻に教えられた細い通りを曲がると、店はすぐにみつかった。けれども、志穂子はバーという場所に足を踏み入れたことがなかったので、隣の本屋に入ると、新刊書のコーナーで時間をつぶした。そうしているうちに、口紅を塗り直したり、髪を整えたりしたくなり、本屋の手洗いに入った。

鏡に自分の顔を映しながら、志穂子は、ダテコが気を悪くするのではあるまいかと思った。

あんなに誘われたのに、そのダテコの誘いを断り、家に帰ると言って、そのくせ、尾辻と逢っていたとわかれば、ダテコはきっと怒るだろう……。

志穂子は、ダテコの、尾辻玄市への感情に気づいていたので、なぜふいに自分が尾辻に電話をかけたりしたのかと後悔の念を抱いた。だが、帰ってしまうわけにもいかず、志穂子はベストセラーになっているという若い作家の本を買うと、バーの扉をあけた。

バーは、勤め帰りらしい男の客で満席だった。仕方なく外で待っていようと考え、扉のノブに手をかけたとき、尾辻が入って来た。

「あれ？　珍しいなァ。こんなに混んでることなんてないんだけど」

と尾辻は言い、主人らしい若い男に、

「なんとか二人分の席、作ってくれよ」

と言った。すると、顔見知りらしい客が手を振り、

「ここがあくよ」

と言って、くわえ煙草で立ちあがった。

「申し訳ないな。なんだか追い出すみたいで」

尾辻はそう言って、席を譲ってくれた客の肩を叩いた。

店内は、あたかも船室みたいな設計になっていた。天井からは、大きな錨《いかり》が吊り下げられ、三つある窓は丸くて、壁のあちこちには古い木製の船舵が飾ってある。

「ぼくは、バーボンの水割りを飲みますけど、天野さんは、まだアルコールは良くないですよね？」

と尾辻が訊いた。

「お酒、一度も飲んだことがないんです。だから、オレンジジュースをいただきます」

尾辻はうなずき、カウンターのなかで氷を割っている主人に、バーボンの水割りとオレンジジュースを注文し、

「この前に逢ったときよりも、うんと元気そうですよ」

と笑顔で志穂子に言った。

「この前は、すごく緊張してたんです」

「梶井の野郎、さっさと逃げて帰りやがって……」

「あれから、梶井さんとお逢いになりました？」

と志穂子は訊いた。尾辻は首を横に振り、

「あいつのほうから、このごろしょっちゅう電話がかかってくるんです。あいつ、いま東京にいるんですよ」

と言った。

「そのこと、ダテコから聞きました。そんなことをなさって、梶井さんは大丈夫なんでしょうか」

「あいつは、自分で片をつけようと思ったんでしょう。どうして、そんな心境になったのかは、ぼくにも黙ってやがる。あいつは、いつも、突然気が変わる。突然気が変わるっていう病気にかかってるんです。まあ、人間て、みなそうですけどね」

志穂子は、あの絵葉書が、宛名を間違えて自分に届けられたことを、梶井の口からではなく、おととい、ダテコから教えられたのだと説明した。

バーボンの水割りを口に含んだまま、尾辻は一瞬、きつい目で志穂子を見つめた。彼はバーボンを飲み込み、

「ダテコから？　じゃあ、梶井は、天野さんと逢ったときは、そのことは何にも言わなかったんですか？」

「ええ。ですから、私はおとといまで、あの絵葉書は梶井さんが私に宛てて出したんだとばかり思ってました」

そして志穂子は、きょう、その絵葉書をダテコに渡したことも言った。

「尾辻さんから、梶井さんに渡していただこうと思って……」

尾辻は、少し困ったような表情で志穂子に視線を向けていたが、天井を指差すと、

「この二階のレストランは、魚料理専門でしてね。とても新しい魚を食べさせるんです。腹具合はいかがです。お腹が減ってきたら、いつでも遠慮なく言って下さい」

と言った。

それから、ふと思い出したように、ダテコの兄について質問した。

「ダテコに兄貴がいたなんて初耳ですよ。イタリアで何をやってたんです？」

「コックさんになるための修業をしてたんですって」

志穂子は、ダテコと彼女の兄に関して、自分が知っているかぎりの事柄を尾辻に話

して聞かせた。話し終えてから、志穂子は、自分が調子に乗って喋りすぎたことに気づいた。ダテコの個人的なことを、たとえ相手が尾辻であったにしても、軽々しく喋るべきではなかったと反省し、

「ダテコには、私から聞いたとは言わないで下さい」と頼んだ。

尾辻は了承し、

「でも、絵葉書をダテコに渡したのなら、どうしてぼくに電話を下さったんです」

と怪訝な面持ちで訊いた。志穂子は、とっさに、

「私、このあいだのお礼を、ちゃんと言ってなかったような気がしたもんですから」

と答えたが、自分でもどうしてふいに尾辻に電話をかけようと思ったのかわからなくなった。

正直でなければいけない……。志穂子はそう思い直し、ハンドバッグから手帳を出すと、それをカウンターの上に置いた。

「私、タクシーから降りたとき、私には友だちがいないって思ったんです。それで、手帳を見たら、父の会社と、病院と、お世話になったお医者さまと、美容院の住所と電話番号があって、あとの二人は、ダテコと尾辻さんでした。でも、ダテコとはたったいま別れたばっかりだったから、それで、尾辻さんに電話をかけてしまったんで

す。すみません。私、何を考えてたのかな……」

尾辻は笑いながら、

「いいんですよ。そんなこと謝らなくても。数少ない友だちのなかに、ぼくも入れていただいて感謝してます」と言った。

「これから、だんだん友達が増えていきますよ。知り合いたくないやつとも知り合うでしょう。何もかも、これからですよ。だって、天野さんに友だちが少ないのは当たり前だ。子供のときから十八年間も病院に入院してたんだから」

「私、尾辻さんのお友だちにさせていただいてもいいですか？」

志穂子は、自分の言葉が、決して他の客に聞こえないようにと、声を落として訊いた。

「じゃあ、きょうは、友だちの契《ちぎ》りを結びましょう」と尾辻は、それが地声らしい、よく響く声で言った。

自分のグラスを、志穂子のオレンジジュースの入っているグラスに音をたてて当てると、尾辻は、

「乾杯」

と言った。

「お仕事、とてもお忙しそうですね」

志穂子は、ダテコからしょっちゅう聞かされる尾辻に関する話題を念頭において、そう訊いた。

「忙しいですね。こんなにこき使われるとは思わなかった。コーヒーの豆屋なんかに就職して、大学時代の友だちはあきれてます。友だちの大半は、マスコミ関係だとか、大手の商社に就職したのに、ぼくだけ、社員数二百二十人、資本金三千万円の、コーヒー豆を輸入販売する会社に勤めて、毎日、東京中の喫茶店を廻って、そこの主人とか若い店長に頭を下げてる。ぼくにも、当世はやりの企業に就職できるチャンスはあったんだけど、どういうわけか、ひょんなことから、いまの会社への就職を決めちまった」

「ひょんなことって?」

志穂子はバーの雰囲気に次第に馴染んできて、肩の力を抜いた。

「うちの会社は、この業界では老舗《しにせ》なんです。大正二年の創業で、いまの社長は四代目。でも、もうそろそろ跡を息子に譲ろうと思ってる。この息子ってのが、絵に描いたようなボンボンで、とんでもないお人好しでね。ぼくとおない歳で、別の大学のラグビーの選手だったんです。リーグ戦では、いつも勝ったり負けたりで、つまり仇敵なんだけど、ぼくと仲が良かった。試合中に、彼の前歯を二本折ったのは、このぼくです。でも、すごく仲が良かった。その彼が、うちの会社に来てくれないかって誘ってくれた。お前がいてくれたら、俺は安心できる。きっといい社長になってみせるから、俺の会社に来てくれないかって」

「それで、お決めになったんですか?」

志穂子の言葉に尾辻はうなずき、

「だって、あいつが親の跡を継いで社長になんかなったら、会社はつぶれますよ。とにかく、人を疑うってことがない。そのうえ、とびきりの女好きで、性悪女にいつもいいように利用されてる。まだあるな。数字に弱い。情に脆《もろ》すぎる。気も弱い。胴長短足で、ミッキーマウスみたいな顔をしてる」

志穂子は笑った。尾辻の会社の次期社長となる青年の顔は、志穂子のなかで、すみやかに造形された。

「でも」

と尾辻は言った。

「でも、こいつには、他の誰も持ってない、すごいところが二つあるんです」

尾辻は、一代で世界的な大企業を築きあげた関西の財界人の名をあげ、

「その人が、こんなことを、新聞記者のインタビューに答えて言ってるんです」

尾辻は、もう一杯、バーボンを飲んでもいいかと志穂子に訊き、志穂子の返事なんか聞こうともしないで、店の主人にバーボンのおかわりを注文した。

「どんな人間を人材というのかって質問に、こう答えてるんです。〈まず運がいい人間でなければならない。しかし、運がいいだけでは駄目だ。もうひとつ愛嬌がなければいけない。運が良くて愛嬌がある人間を、私は人材だと思う〉ってね」

「愛嬌？」

志穂子は小首をかしげて訊き返した。

「ええ、愛嬌です。頭のいいやつなんて、腐るほどいる。東大や京大を卒業する連中は、毎年、何千人もいる。みんな頭はいいはずだ。でも、それだけでは、世の中の仕事なんてできない。しかし、運のいい人間てのは、そんなに多くはない。そのうえ、愛嬌もある人間となると、滅多にいない。愛嬌のない人間は駄目だ。その人はそう言ったんですよ」

「尾辻さんの会社の、次の社長さんになるかたは、運が良くて愛嬌があるんですか？」

「ええ。ぼくはそう思ってるんです。二つとも、持って生まれたものだけど、やはり人生のどこかで磨かれていくものでもあるんじゃないかな」

「尾辻さんご自身はどうなんですか？」

と志穂子は訊いた。

「ぼくには愛嬌がないですね。運も、悪いとは思わないけど、とりたてて、いいほうだとも思えないな」

「尾辻さんには、愛嬌がありますわ」

そういってから、志穂子は、またつまらないことを口にしてしまったと思った。しかし、志穂子には、尾辻という男が持っている愛嬌を感知できるような気がしたのだった。

愛嬌というものが、しからば、いったいいかなる明快な規定のなかにあるものかはわからなかった。けれども、志穂子は、尾辻には、とても素敵な愛嬌があると思った。

「喜んでいいのか、悲しんでいいのか、わからないな。そんな、ぼくの顔を見て、愛嬌があるなんて言われるとね」

尾辻は笑いながら、二杯目のバーボンを早いピッチで飲んだ。

「そういう尺度を使うと、梶井は運が悪くて愛嬌がないってことになる。絵葉書を叩き返してやるってのは、いい気味ですよ」

と尾辻は言った。志穂子は、尾辻が自分のことを気遣って、そう言ってくれたのを、ありがたく思った。

「でも私、ほんとにあの一枚の絵葉書で、甦生《そせい》したんです。甦生するって言葉以外に、私には適当な言葉がみつからないんです。私、梶井さんが、ほんとは誰にあの絵葉書を送ったのか、知ってるんです」

その言葉で、尾辻は笑みを消し、

「誰です？」

と訊いた。

「〈サモワール〉が、療養所でコンサートをひらいてくれたころに入院してた人で、大きな旅館の娘さんです。私、なんとなく、梶井さんは、私とその人とを間違えたんだと思うんです。コンサートのとき、私の隣に坐ってらしたから。それに、とてもきれいな人ですし。お金持ちで、軽井沢や蓼科に、何軒もレストランを経営してるかたのお嬢さんだって聞きました。一年ほど入院してらしたんですけど、ほとんど言葉を交わしたことはないんです。でも、私、きっと、あの人だろうなァって確信があるんです」

喋っている志穂子の顔をみつめていた尾辻は、ただ、

「そうですか」

と応じ返し、

「コーヒー豆には、どのくらいの種類があるか知ってますか？」

と訊いた。唐突にコーヒー豆の話題に移したことで、志穂子は、自分の勘が当たっていて、しかもそれを尾辻も知っているのだと知った。

「ブラジル産はサントスって豆。コロンビア産はメデリン。メキシコ産の豆とグアテマラ、それにコスタリカのは、そのまま、メキシコ、グアテマラ、コスタリカって名がつけられてる。ジャマイカ産がブルーマウンテン。タンザニア産がキリマンジャロ。スマトラ産がマンデリン。ジャワ産がロブスター。イエメン産がモカです。あ、そうだ。ハワイ産の豆もある。コナってやつです。でも、これだけじゃなくて、生産量は少ないけど、個性の強い豆も幾つかあるんです。インドでは、マラバル海岸に沿った高地でマイソールって名の豆も作られてるし、エチオピアのハラリって豆も、モカの一種ですけど独特の香味を持ってます」

「一度に覚えきれませんわね」

「入社してすぐの社員研修で、これを暗記させられましてね。なかなか覚えられなく

て、頭が痛くなっちゃった。コーヒー豆の歴史とか、薬としての効用とかも覚えさせられたな。それから、ブレンド技術。これは、社のブレンダーのセンス次第で、千差万別ですね。豆の炒《い》り方ひとつで、味も香りもまったく変わっちゃう。相性の悪い豆ってのもあって、Aという豆を使うときは、Bという豆を混ぜてはいけないって組み合わせもあるんです」

志穂子には、尾辻が、何もコーヒー豆の講釈をしたくて、喋っているのではないことがわかっていた。そのために、よりはっきりと、梶井が絵葉書を送った相手が、江崎万里であることを確信した。

そうか、やっぱり、あの人だったのか……。志穂子はそう思い、どのように表現を変えようとも、結局は〈嫉妬〉と呼ばれるべき感情へと、自分の心が近づいていくのを自覚した。

「ぼく、七月から三ヵ月間、金沢の支社に行くことになったんです」

と尾辻は言った。

「三ヵ月って、転勤じゃないんですか？」

と志穂子は訊いた。

「北陸のシェアを拡大するために、応援として行くってことなんだけど、そのまま向こうで三、四年いつづけるってケースが多いんですよ。行ってみないとわかりませんね。仕方がない。転勤てやつは、使い古された言い方だけど、サラリーマンの宿命ですからね」

尾辻は、別段、気落ちしている様子も、不満を抱いている感じもなかった。

「二人しかいないお友だちのうちのひとりが、いなくなっちゃうんですね」

志穂子は笑顔で言ったのだが、自分でもはっきりわかるくらい、声は沈んでいた。

「友だちなんて、すぐにできますよ」

尾辻はそう言い、そろそろ食事にしようと促し、店の主人に、

「二階にあがってもいいかい？」

と訊いた。

「もう用意できてるでしょう」

主人は度の強い眼鏡をずりあげ、階段の横を指差した。小さな黄色いランプが点灯していた。

「二階が満席のときと、まだ準備ができてないときは、このランプが消えてるんですよ」

と尾辻は説明し、背広の上着を肩にかけて、先に階段を昇った。

とびうおの刺身ときすの天麩羅は、ちょうど旬でもあって、おいしかったし、家庭ではあまり食べられないものだったので、志穂子は、大袈裟に、おいしい、おいしいと言いながら食べた。

「それだけ食べられたら、大丈夫ですよ。天野さんは、ほんとに健康になったんだ。よかったですねェ」

尾辻はそう言って、きすの天麩羅をもう一人前注文し、赤出しを二人前頼んだ。

「ええ、私、元気になっていってる気がするんです。でも、何もかも、私はこれからなんです。二十四にもなって、これから、何もかもを一から始めるんです。でも、じゃあいったい具体的に何をしたらいいのかって考えると、途方に暮れて……」

「入院中、何かに凝ってたことはないんですか？」

と尾辻は、志穂子が呆気にとられるほどの早さでご飯をたいらげてから訊いた。

「何かに凝れるっていうのは、まだまだ元気な場合なんです。入院中は、私はもう何もかもにあきらめてたから……。あきらめきって、ただ機械的に薬を服んでる人が、病院にはたくさんいます。私もそのひとりだったんです」

「でも、病気に勝った。あの絵葉書を梶井に返すのは、もうちょっと時間をおいてからにしたらどうかな」

「どうしてですか？」

「あの絵葉書は、つまり〈歓び〉ですよ。〈歓び〉は、手元に置いとかないとね」

尾辻は自分の言葉が照れ臭かったらしく、しきりに後頭部を撫でた。

自分は、ひょっとしたら、遠廻しに軽蔑されているのではあるまいかと志穂子は思った。

尾辻が、何をどのように感じて、あの絵葉書を、〈歓び〉と表現したのかはわからない。尾辻の言葉の奥に、どんな深い考えがあるのか、それとも、うわっつらだけの単純な思考しかないのか、志穂子には見当もつかなかった。

けれども、たかが一枚の恋文で、にっちもさっちもいかなくなっていた病状を突然好転させた天野志穂子といううぶな女を気の毒がっているのではあるまいか。しかも、その恋文は、相手を間違えて発送されたのだ……。

志穂子は、箸を置き、

「ほんとに、私にとってあの絵葉書は、〈歓び〉だったんです。どんなに深い歓びだったのか、私にもわからないくらいです。私にもわからないのだから、私以外の人間には誰も理解できないと思います」

と言った。

「そりゃあそうでしょう」

尾辻は、当惑顔で志穂子を見やった。そして、その言葉を三回繰り返した。

「ぼくの言い方が悪かったかな。気を悪くさせちまった」

「いいえ、私、気を悪くなんかしていません」

「天野さんの心の問題に、軽はずみに踏み込むみたいなことを言ったのは事実ですよ。でも、ぼくは、他に適当な言葉がみつからなかったから」

「お気になさらないで下さい。だって、私、絵に描いたみたいな間抜けだったんですもの」

と言って、志穂子は微笑を向けた。

「間抜け？」

と尾辻が訊き返した。

「間違って私のところに送られてきた絵葉書を、後生大事にしまい込んで……」

「間抜けは、梶井です。あいつのミステークは切腹ものですからね」

それきり、志穂子と尾辻の会話は途切れた。食後のメロンが運ばれてきたとき、やっと尾辻は口を開いた。

「金沢での住所を書いときます。もし金沢へ来るようなことがあったら、食事をご馳走しますよ」

彼は、背広の内ポケットから手帳を出し、住所と電話番号を書くと、その部分を破って志穂子に渡した。

「ほんとに、三ヵ月の予定が三年に延びるなんてことがよくあるんですか？」

と志穂子は訊いた。

「今回、三ヵ月で東京へ帰れても、遅かれ早かれ転勤があります。噂では、来年早々に、サンパウロに行かされそうですね」

「サンパウロ」

「ブラジルのサンパウロです。そこに、社の南米での基地があるんです。南米のコーヒー豆は、すべてサンパウロの支社を通して買いつけますから」

尾辻は、タクシーで東横線の渋谷駅まで送ってくれた。改札口を通って、うしろを振り返ると、尾辻は笑顔で手を振り、その巨体を揺するようにして人混みに消えた。

気を悪くしたことを表情に出してしまった自分が情なくて、志穂子は、尾辻に申し訳なく感じた。しかし、志穂子は、自分が人間関係というものに慣れていないと認識し、しかもそれに対して劣等感があったので、こんな場合どうすればいいのかがわからなかった。それで、尾辻の姿が消えてしまったあたりの人混みをぼんやりと見ていた。

せっかくできたたった二人の友だちのうちのひとりが、もう早々といなくなってしまった……。その思いは、志穂子に無数の劣等感を湧きあがらせてきた。

自分は、子供のまま二十四歳になったようなものだ。人並みの教育も受けていない。無理のきかない体で役立たずだ。何の取り得もなく、生活能力は皆無で、女としての魅力はひとかけらもない。

それに比べて、あの江崎万里の華やかな美しさはどうだろう。彼女が色とりどりな花の束だとすれば、私は作りそこねたかぼそいドライフラワーみたいなものではないのか。

私が、六歳から二十三歳までの入院生活で得たものは何だったのだろう。つまらない空想癖と消極性とがごっちゃになっただけの、存在感のない、人を楽しくさせない女……。

志穂子は、駅に着くまで、ハンドバッグを膝の上に置いたまま、ひたすら自分の靴の先に視線を落としつづけた。

そうだ、何か仕事を身につけよう。志穂子は家への道を歩きだした瞬間、そう思った。自分にはどんな仕事ができるだろう。あまり体力を使わなくてすむ仕事。そして、自分が打ち込める仕事……。

「体力を必要としない仕事なんて、ひとつもないわ」

そうひとりごちて、志穂子は泣きだしたくなった。自分の名を呼ばれて振り返ると、父が歩いて来ていた。

「なんだ、おんなじ電車だったんだな」

と父は言い、丸めて持っていた週刊誌をゴミ箱に捨てた。

「成田空港は遠かっただろう」

「そうね。疲れちゃった。毎日、すごい数の人が、外国へ行ってるのね」

「ほんとに疲れたって感じのうしろ姿だぞ。あんまり無理をしないほうがいいな。夕飯は食ったのか？」

と父は並んで坂道をのぼりながら訊いた。ほんのかすかに酒の匂いがした。

「青山で、おいしい魚料理のお店に行ったの。きすの天麩羅が、すごくおいしかったわよ。それに、とびうおのお刺身も食べたわ」

「ほう、それはうまそうだな」

「お父さんは？」

「会社の女子社員に中華料理をご馳走してもらった」

酒に強くない父は、たぶんかなり無理をして飲んだのか、息遣いがいつもよりあらかった。

「会社の女子社員にご馳走してもらったの？　へえ、どうして？」

と志穂子は父に訊き、犬に散歩させている人がひとりいるだけの公園の前で立ち止まった。

「賭けをやってね。それに勝ったんだ」

父はそう答え、なにやら思い出し笑いみたいな笑みを浮かべた。

「どんな賭け？」

「女子社員に人気のある、男子社員が、いったい誰を結婚相手に選ぶかって賭けだ。その青年は、うちの部の社員で、なかなか人柄のいい、しっかりしたやつでね。予想としては、二人の女子社員に絞られてたんだ。みんなは、Aと結婚するだろうって思ってた。だけど、お父さんは、Bと結婚すると思った。お父さんは賭けをしたつもりはなかったんだけど、予想が外れたらどうしますかって言われたから、そうなったら中華料理をご馳走するって約束したんだけど、もう一年も前のことで、そんな約束をしたってことも忘れてたよ。そしたら、お父さんの予想がどんぴしゃりと当たって、先月、二人は婚約したんだ。きょう、会社の昼休みに、Aを選ぶだろうって予想してた女子社員が、負けたから私たちが中華料理をご馳走するって言ってきかない。まあ、残念会につきあわされたようなもんだな」

「残念会？」

「だって、中華料理をご馳走してくれた二人も、その青年を狙ってたからね。二人の心の内はわからないけど、なかなかさっぱりして明るい残念会だったよ。どっちもいい奥さんになるだろう。気持ちのいい子たちだ。会社での仕事のほうは、あんまり褒められたもんじゃないけどね」

ちょっと坐って、酔いをさましたらどうかと志穂子に勧められ、父は、

「そうだな。老酒《ラオチュウ》を五杯も飲んだ。お父さんにとったら、致死量の一歩手前だ」

と笑って公園へ入って行き、砂場の横のベンチに腰を降ろした。志穂子も父の隣に坐った。そして、

「どうして、お父さんは、その男の人が、AじゃなくてBを選ぶと思ったの？　二人を見ててピンときたの？」

と訊いた。

「AもBも、器量の面では甲乙つけがたい。あとは好みの問題だってとこだ。頭もいいし、尻軽でもない。人間は、しょっちゅう嘘をつくけど、嘘のつきかたが問題で

ね。Aという女子社員の嘘は、いつもプライドから生まれる。プライドから嘘をつく人とは一緒に暮らせない。まあ、お父さんとは関係ないけど、その青年がAとBのうちのどっちかと結婚するのなら、Bを選べばいいのにって思ったわけだよ」

父はそう言って、何度も深呼吸をした。

「AもBも尻軽じゃないってこと、どうしてわかるの？」

志穂子は、ひやかすように父を見やって訊いた。父は苦笑し、

「そうだな。わかりっこないよな。そういう見当は、ただの印象からだけだ。そう言われると、確かにそうだな。女はしたたかだからな。どこでどんなことをやっているか、わかったもんじゃない。古今東西、女は恐ろしい……」

「お父さんは、浮気したことないの？」

と志穂子は訊いた。父と夜の公園で話をしていることに幸福感を抱いた。

「ないよ」

と父は微笑みながら言った。

「ほんとかな」

「娘にそんなことを訊かれて『ある』なんて答える父親がいるもんか」

「あら、じゃあ、浮気したことあるんだ」

「ないよ。ない、ない」

父はおかしそうに声をあげて笑った。

「私、男の人とキスしたこともないわ。二十四にもなって」

と志穂子は言い、あの梶井からの絵葉書は、じつは受け取るべき相手が違っていたことを話して聞かせた。まさか、父に打ち明けるとは想像もしていなかったので、志穂子はそんな自分を不思議に感じた。

父は、それまでの微笑を消し、

「いつわかったんだ？」

と訊いた。

「おととい、ダテコから聞いたの。だって、ダテコはてっきり、梶井さんが私にそのことを打ち明けたもんだと思い込んでたんだもの。私、とんでもない三枚目だったの。だから、きょう、あの絵葉書を梶井さんに返してもらおうと思って、ダテコに渡しちゃった」

父は膝を組み、首だけ志穂子のほうに廻して見つめていたが、

「そうか……」

とつぶやいて、あとは何も喋ろうとはしなかった。

「お父さん、一日中、雲を見てたことある?」

と志穂子は訊いた。

「雲? お父さんも病気で入院したとき、雲をじっと見てたことはあるよ」

「私、十八年間、ずっと雲ばっかり見てたようなもんよ。私が十八年間のあいだに見たのは、雲のかたちの変わりかただけかもしれない。だから、私、退院してからは、なるべく雲を見ないようにしてたの。十八年間ていう時間を思いだしたくなかったから」

父が何か言おうとしているのか、それとも志穂子の言葉にひたすら耳を傾けているのか、志穂子にはわからなかった。

「ちっちゃな綿雲みたいなのが、すうっと消えていく瞬間て、すごくきれいなの。私、雲が消えていく瞬間を、何万回も見たわ」

それから志穂子は、何か仕事をしたいと父に言った。

父は、志穂子を見つめることをやめなかった。しかも、いつまでも無言だった。志穂子の心をおもんぱかって、いまはとにかく、娘の喋るにまかせておこう、そう思っているみたいだった。

「でも、私にできる仕事なんて、何ひとつないんだけど……」

と志穂子は自嘲の笑みを口許に作っていった。公園の水銀灯に照らされたブランコのところに、無数の雲があらわれて、気味が悪いくらいに形を変えつづけた。

「私の十八年間は、いったい何だったのかしら」

そうつぶやいた瞬間、志穂子は自分のなかの何かが爆発するような気がして泣いた。志穂子は烈しく嗚咽しながら、駄々をこねるみたいに言った。

「私、十八年間も、お父さんやお母さんに心配をかけて、やっと退院したらもう二十四歳。学歴もなくて、何の取り得もなくて、まだあと一年は薬を服まなくちゃいけなくて……」

「何の取り得もない？　そんなことはないよ」

父は志穂子の背をさすり、やっと口を開いた。

「十八年間が無駄だったと思っているのか？　もしそう思ってるなら、それは、大きな錯覚だよ。お前は、あの十八年間で、とんでもない素敵な人間になったんだ。何か仕事をしたいって気持ちは、お父さんにはよくわかる。だけど、何のための仕事だ？　仕事だったら何でもいいのか？　志穂子でなきゃあできない仕事がきっとあるよ。焦るなというほうが無理だけど、でもやっぱり、お父さんはそう言うしかないな」

それから父は、笑顔で志穂子の頭を撫で、

「お前、初めて泣いたな」

と言った。

「初めて？」

「うん。初めてだよ。お前がこんなに泣いてるのを見るのは、お父さんは初めてだね。元気になった証拠だよ。より良く生きようと、本気で考えだした証拠だ。取り得のないのは、このお父さんのほうだ。俺の手柄といえば、何十年も前にこの大倉山に土地と家を買っといたことぐらいかな。うん、その程度かな。可もなく不可もなく、出世から外れて、もう何年もたつ。停年まで、あとちょっとだ。自分でも情ないよ。俺は、志穂子が見た雲を見なかった。雲しか見なかったって言ったな？　でも志穂子、お前はそのことで、他の人が十八年間で学ぶことよりも、もっともっと大きくて深いものを知ったに違いないよ。いまは、それがどんなにすごいことなのかわからないだろうけど。ねェ、志穂子、〈いまは誰にもわからない〉ってことが、この人生にはたくさんある。六歳から二十三歳まで、病気と闘いながらすごした療養所での十八年間が、いつか、とんでもない宝物を、志穂子に与えてくれるってことは、いまは誰にもわからないよ」

志穂子は、泣きながら、父の言った〈いまは誰にもわからない〉という言葉に、深くなぐさめられていくのを感じた。けれども、涙は、自分でも奇異に思えるほど、あとからあとから溢れ出た。

「これは、お父さんの知り合いが教えてくれたんだけど、〈冬は必ず春となる〉という言葉があってね。これは、日蓮の言葉だそうだ。何でもない当たり前のことを言ってるようだが、一歩深く立ち入って、この言葉を考えてみると、冬は春を迎えるために絶対に必要なんだと受け取ることもできる。冬というものが存在しなければ、春というものはやってこない。植物も、厳しい冬の時代に、どれだけ地中に根を張って、どれだけ養分を吸収し蓄えたかで、春になったときの花の咲かせ方が変わってくる。これは自然の法則だ。人間も、自然の法則のなかで生きてるんだから、人間もまたそうであるはずだ」

そこで父は、言葉を区切り、ネクタイを外すと、それを背広のポケットに入れた。

「この言葉を教えてくれた人は、こう言ったよ。日蓮は、ただ単に〈冬は春となる〉と言ったんじゃない。〈冬は必ず春となる〉と、必ずという一語を入れた。強く断言したんだってね。冬を、不幸とか災いとかに置き代えれば、そのまま人生の極意みたいなものにつながっていくじゃないか。志穂子の療養所での十八年間が、いつか必ず訪れるとてつもなくすばらしい春のために必要だったということは、いまは誰にもわからない――。そんなふうに考えられる人を、人生の達人というんだろうな」

父はそう言って、しばらく黙っていたが、やがて、

「お説教臭いことを言ったな」

とつぶやいて、照れ隠しみたいに笑い、

「お前が泣いて帰ったら、お母さん、びっくりして、心配して、家中を行ったり来たりする。あの忙しい歩き方で、家中をうろつかれたら、誰も寝られないな」

志穂子は、ハンカチで涙を拭いた。そして、

「お母さんは、私がどこかで泣いてきたってことをすぐに見抜くわ。すごく勘がいいんだから」

と言った。泣いた跡が消えてしまうまで、ここに坐っていようと思い、父に先に帰っていてくれと言った。

「こんなところで、娘をひとりにさせとくわけにはいかんよ。いいじゃないか。どうして泣いたのか、お母さんにも言ってあげたらいい。あいつは、せっかちで、にぎやかなやつだけど、あれでなかなか物わかりがいい、結構、さばけた女なんだぜ」

「お母さんの取り得は、明るいってことね」

他に適当な表現がみつからなくて、志穂子はそんな言い方をした。

「そうだよ。ほんとにそうだ。あいつは明るい」

父はしきりにうなずいて、そう応じ返した。

「あいつが、明るい母親でなかったら、志穂子の、療養所での十八年間も、もうちょっと違ったものになってただろうな」

父はそう言って、なにやら思い出し笑いみたいに、くつくつ笑った。

「何を思い出してるの？」

と志穂子は訊いた。

「新婚旅行で、俺たちは伊豆へ行ったんだ。三泊四日の旅だったな。天城《あまぎ》温泉で一泊。下田で一泊。伊東で一泊だ。旅館に着くと、女中さんが部屋に案内してくれるだろう？　とにかく新婚旅行だからね、だいたい新婦は恥ずかしそうに顔を伏せて、女中さんのあとから部屋までついて行くもんだ。それなのに、あいつときたら、女中さんよりも先に立って、何をそんなに急いでるのかって感じで歩いて行くんだ。俺は、ほんとに恥ずかしかったよ」

志穂子には、そんな母の姿が目に映るような気がして笑った。

「料理が運ばれてくると、また大変だ。廊下で女中さんの足音が聞こえるたびに、立って行って、部屋の入り口で料理を載せた盆を受け取ろうとする。もうあれは性分だ。とにかく、じっとしてられないんだな。こんなに何から何まで先に先にと手伝って下さる新婚の奥さまは初めてだって、女中さんにひやかされて、俺はずっと顔を伏せてたよ」

公園の近くでパトカーが停まった。警官が降りて来て、志穂子と父が坐っているベンチへと近づいて来ると、懐中電灯で二人の顔を照らした。

「なんだ、天野さんか」

と警官は言い、懐中電灯を消した。

「中年のおっさんが、若い娘とずっと公園のベンチに坐りっぱなしで、どうも女性のほうが泣いてるみたいなんで、ちょっと様子を見に来たんですよ」

と三十代半ばくらいに見える警官は言った。どこにもパトカーなどいなかったのに、どうして私が泣いていることがわかったのだろうと志穂子は思った。

「娘ですよ。長女のほう」

父は笑顔で言い、

「桜井さんだ。去年、うちに空き巣が入ったとき、お世話になってね」

と警官を志穂子に紹介した。

「お嬢さんですか。あれ、天野さんには、お子さんはひとりだけだと思ってたな」

「体を悪くして、長いこと入院してましてね。去年の秋に、やっと退院してきたんです」

と父は言った。

そうですかと太い声で言い、警官はパトカーに戻って行った。

「うちに空き巣が入ったの？」

そんな話は、まったく耳にしていなかったので、志穂子は驚いて訊いた。

「うちだけじゃないんだ。お隣にも入った。うちは何にも盗まれなかったんだけど、お隣は、現金を十二万円ほど盗まれた」

父は、

「うちには金がないから、忍び込んでもすぐに見切りをつけて、お隣に移ったんだろう」

と言って笑ったが、すぐに真顔になり、

「お前が退院してくるちょうど十日前だったから、お母さんは、なんだか縁起が悪いって気にして、志穂子には内緒にしとこうってことになったんだ。うちは金は盗まれなかったけど、美樹の下着が盗まれた」

そう教えてくれた。

「珍しいケースだって刑事が言ってたよ。だいたい、女の下着を盗んだりするやつは、他のものには興味を示さないもんらしい。女の下着も金も盗むって例は、滅多にないそうなんだ」

「お母さんて、縁起をかついだりなんかしないのに」

と志穂子は言った。

「お前の退院が、お母さんにとって、どれほど大事件だったかってことだろうな。お前を何の憂いもなく家に迎え入れたいって思ったんだ。下着泥棒が十日前に妹の下着を盗んでいったって知ったら、志穂子が怖がるだろうって……」

と父は言い、志穂子の顔をのぞき込んだ。

「まだ目元が少し赤いな。でも、帰ろうか」

「お父さん、酔いは醒めた？」

「そうだな、だいぶ醒めたよ」

立ちあがりかけた父の背広を引っ張り、もう少し話をしたいと志穂子は言った。父は腕時計を見、

「じゃあ、あと十五分だよ。お前の帰りがあんまり遅いと、お母さんが心配するからね」

と言って、坐り直した。

「療養所でも、女性の下着が盗まれる事件があったの。下着を盗まれるのは、いつも決まった人なの。三十八歳の、もう七年くらい入院してる患者さんの下着だけが盗まれる……。うんと若いころに結婚したんだけど、すぐに離婚して、それ以来ずっと独身をつづけてる人」

「犯人は、男の患者の誰かなのか？」

志穂子はかぶりを振り、

「犯人はみつからなかったわ。でも、私、犯人を知ってたの」

と言った。

「その女の人の狂言だったの」

「狂言……？」

「私、その人が、病院の焼却炉に、紙袋をそっと放り込むのを見たの。下着が盗まれた夜にかぎって、その人、焼却炉に紙袋をそっと放り込むの。私、その紙袋の中味を確かめたりはしなかったけど、私には、その人の狂言なんだってことがわかった……」

「ほう……」

父は何か考えていたが、やがて、

「それもまた志穂子が見た〈雲のかたち〉のうちのひとつだな」

と言い、志穂子を促すと家路についた。

第四章　迷　走

有楽町のSビルの近くまで来て、梶井克哉は〈デンピンヤン〉のショーウィンドーと、その横のガラスの扉に視線を投じた。

最高級の宝石と貴金属だけをあつかう〈デンピンヤン〉の日本店に、いま鄧健世と妻の由加がいることを、梶井は確かめてあった。

しかし、鄧も、鄧の妻となったかつての樋口由加も、梶井の面会の申し出をかたくなに拒んで、逢おうとはしなかった。

鄧が、〈サモワール〉の解散によって生じた損金を、ヤマキ・プロダクションに支払ったらしいことを、梶井は五日前に、金沢にいる尾辻から教えられた。支払った金額が幾らだったのかはわからない。しかし、かなりの金額を、鄧健世は、妻のために支払った。おそらく、それによって、矢巻繁男は、契約不履行のためにプロダクション側が責任を持たねばならなかった金を取り戻しているはずだった。

梶井は、鄧健世が受け取ったヤマキ・プロダクションの領収書を見せてもらい、それをコピーするだけでよかった。

五日前、梶井は鄧健世と由加の、日本での住居である青山のマンションに電話をかけ、そのことについて鄧と話をしたのだが、鄧は、

「私たちは、もう関係がない」

と言うだけで、由加を電話口に出そうともせず、電話を切った。

それ以後、何度も電話をかけたが、留守番電話になっている。しかし、梶井は〈デンピンヤン〉の従業員にそれとなくかまをかけて、きょうの午後、鄧夫妻が店にやって来ることを確認してあった。

梶井は、矢巻繁男のしつこさに、恐怖を感じ始めていた。矢巻は、どこまで信憑性があるのかわからない何十枚もの書類や契約書、それに帳簿を梶井に見せ、〈サモワール〉解散によってヤマキ・プロダクションが被った損金の支払いを要求した。総額

七千二百万円だった。それが支払えないのなら、もう一度〈サモワール〉を復活しろと言う。樋口由加に代わる女は、こちらで選択する。梶井克哉が再び〈サモワール〉に復帰するということだけで、話題性は十分にある——。矢巻は本気でそう強要しつづけていた。

江崎万里から逃げようとして、のこのこ出て行ったのは、自分の見込み違いだったと気づいたが、矢巻に依頼されたならず者は、姿を隠しつつも、四六時中、梶井を監視していたのである。

鄧も由加も、いったいどうしてこの俺と逢おうとしないのだろう……。梶井には、それが不思議でならなかった。梶井は、鄧家の留守番電話に、自分の連絡先を吹き込んでおいたが、まったくなしのつぶてだった。

どうせ、店に入っても追い返されるだろうと考え、梶井は、鄧か由加が店から出て来るのを待ちつづけた。

梶井は、もう癖になってしまっている動作を、行き交う人々の中で繰り返した。目だけ、四方八方にせわしなく動かし、自分を見張っている人間の存在を確かめるという癖である。

そうしながら煙草をくわえ、居場所を変えようとして歩きだした。それとなく、

〈デンピンヤン〉の店の前を通りすぎて、四つ角の柳の木の陰で歩を止めた。そして、うしろを振り返った。すると、背の低い中年の、よく日に灼《や》けた男が〈デンピンヤン〉の店内から出てくると、梶井の立っている場所までやって来、梶井を見ると目で合図を送った。——ついて来い——。あきらかにそのような仕草であった。

四つ角を曲がり、外国の航空会社のオフィスの前まで来ると、男はふいに立ち止まり、来た道を引き返し、梶井とすれちがいざまに、小さな封筒をすばやく梶井に手渡した。男はそのまま四つ角を曲がらずに、地下鉄の駅へと歩いていった。

梶井は、航空会社の隣のビルに入り、トイレを捜して、そこで小さな封筒の中身を出した。そこには、港区にあるホテルの名が書いてあり、六〇一号室に午後五時に来てくれとしたためられてあった。

よほど慌てて書いたらしく、ひどく乱雑な字だったが、由加の書体に間違いはなかった。梶井は、蓋をした洋式便器を椅子代わりに坐り、姿をみせない尾行者をどうやってまこうかと考えた。

だが、尾行者は本当に存在するのだろうか。確かに、自分が矢巻の前に姿をあらわしてからの二、三週間は、尾行者とおぼしき人間の姿を認めた。二日前にも、自分を尾《つ》けている男がいた。しかし、幾ら神経を注いでも、それらしき人間の姿をみとめられない日もある。ひょっとしたら、矢巻繁男に依頼されたチンピラは、つまりときおりサボっているのかもしれない。

梶井はそう思い、このまま便所のなかで二、三十分坐っていれば結果が出るだろうと考えた。もしきょうも尾行者がいるのなら、トイレのなかに入って、三十分も梶井が出てこなければ、いったい何があったのかと慌てるだろう、そして、このトイレのなかを、のぞこうとするだろう。

三十分たった。何人かの人がトイレのドアをノックした。しかし、三つあるトイレのどれかがあくと、ノックした人はそちらに入って用を足した。

梶井は、トイレのなかで、由加が書いたメモ用紙をライターで焼き、それを便器に捨てると、水で流した。

トイレから出、大きなオフィスビルの五階にあがり、五階のトイレのなかでも三十分すごした。どうやら、尾けられていない。梶井はそう確信したが、念には念をいれるために、ビルの正門ではなく、通用口を捜すと、そこから外に出た。

タクシーではなく地下鉄を使って港区のホテルの近くまで来ると、梶井は、喫茶店に入って時間をつぶした。

五時前に、梶井はホテルのロビーに入り、いったん地下のショッピングアーケードをうろついたあと、その階からエレベーターに乗って、十階まで行き、別のエレベーターで六階へ降りた。どちらのエレベーターにも、同乗者はいなかった。

六〇一号室のチャイムを押すと、ドアの丸い小さな覗きレンズの向こうが翳《かげ》り、すぐにドアが開いた。

「よかった。あのおじさん、ちゃんと克哉にメモを渡してくれたのね」

由加はそう言って、ドアを閉め、

「何か飲む？　コーヒーか紅茶か……」

と訊いた。

金とプラチナがよじれたような格好をしたネックレスとブレスレットをはめ、長く伸ばした髪をうしろにひっつめてたばねている由加は、顔色が良くなくて、落ち着きがなかったが、人目をひく美貌は劣えていなかった。

「どうしてこんな面倒なことをするんだ？　ご亭主は、どうして俺を避けるんだ。どうして由加を電話口に出さないんだ？」

梶井はソファに腰をおろし、少しいらだたしげに訊いた。

「いっぺんに答えられないわよ」

由加は笑みを浮かべると、ベッドに腰かけて、髪をうしろでひとくくりにしてある銀色のゴム紐をほどいた。長い髪が、由加の顔を見えにくくした。

「ご亭主は、矢巻に金を払ったんだろう？　それで、由加とヤマキ・プロダクションとの問題はすべて解消した。もう、矢巻と由加とは、まったく無関係になった。そうだろう？」

　と梶井は訊いた。由加はうなだれたまま、大きく頷いた。

「俺は、由加のご亭主が、矢巻に金を払ったって証拠が欲しいだけなんだ。他には何も要求していない。金だけ払って、矢巻に一筆したためさせてないはずはありえないからね。矢巻は、俺にも損害の賠償を要求してやがる。あいつの実質的な損害は、由加のご亭主である鄧健世さんから全額受け取ったはずなんだ。俺は、矢巻が鄧健世氏に渡した領収書と、そのとき交わした覚書みたいなもののコピーが欲しい。ただそれだけなのに、鄧さんは、俺の話をまともに聞こうともしない」

「いま、彼は冷静じゃないの。矢巻にお金を払った日から、ずっと冷静じゃないの」

　と由加は言った。

「ああ、この髪、うっとうしい……。夫が、長い髪が好きだったから伸ばしてたの。でも、もう切るわ」

「ご亭主とうまくいってないのか？」

梶井は、意外に思って、そう聞いた。鄧健世とめぐり逢ったことを幸福に感じていると書いて寄こした由加の手紙を思い出したのだった。

由加は、うなだれたまま、

「彼は、うまくいってると思ってるわ。私が元気がないのは、ちょっとした鬱症状で、鬱症状は、矢巻に脅されて大金を夫に支払わさせた妻としての負い目と申し訳なさからのものだって思ってる……」

とつぶやいた。

「一ヵ月くらい前から、私が部屋に閉じ籠ったり、何時間もソファに坐って考え込んでるのを見て、夫は私を医者に連れてったの。鬱病とは言えない。つまり、鬱症状だって、お医者さんは診断したの。夫は、すごく私のことを心配して〈サモワール〉時代につながることから、完全に私を離さなければって考えたみたい。だから、克哉の事情はわかってても、もうあのこととは無関係になりたいし、私を克哉に逢わせることも避けてるの。克哉に対して、べつに悪意はないのよ。ただ、私のことを心配してるだけ……」

由加は、元気のない身の動かし方をしてベッドから立ちあがり、ハンドバッグを置いてあるところへ行くと、封筒を取り出し、それを梶井に渡した。

「矢巻が書いた覚書と領収書のコピーよ。夫に内緒でコピーしてきたわ」

梶井は、ソファに坐ったまま、由加を見つめ、それから、

「ありがとう」と言った。

「ご亭主が心配してるだろう。急に姿をくらまして、いまごろ大騒ぎをしているかもしれないぜ」

梶井は封筒をジャケットの胸ポケットに入れると、そう言った。

「大丈夫。さっき、この部屋から電話をしといたから。気晴らしに映画を観て、少しお買い物をして帰るって言っといたわ」

「どうしたんだ？　何が、由加の鬱症状の原因なんだ？」

梶井は、思いがけず簡単に領収書と覚書のコピーが手に入ったことで、何日もつづいた怯えが消え、冷静に由加の表情を観察することができるようになった。

由加には生気がなく、立っているのも億劫な様子だった。由加は、笑みを作り、両手で長い髪をうしろにひっつめると、立ったまま梶井を見つめ、

「克哉、私を助けて」

と言って涙を浮かべた。

「夫に愛人がいるの。香港の女優……。彼、ことしの春、仕事でニューヨークへ行っ

たのに、夫の友だちから電話がかかってきて、健世の居場所を教えてくれって訊かれたわ。その人は、バリ島でレストランを経営してるの。さっき、車を運転してたら、目の前の交差点を、健世が歩いてる。声をかけたけど、聞こえなかったみたいだ。バリ島の、どのホテルに電話をしても、鄧健世の名がない。だけど、あれは絶対に健世だ。どこに泊まってるんだいって」

梶井は、由加の指の何本かが細かく震えだしたのに気づき、由加をソファに坐らせた。

「私、そんなはずはないと思って、ニューヨークのお店に電話をしたの。そしたら、社長がニューヨークにお越しになるのは、来週の水曜日ですって、向こうの支配人が言うの。でも、彼は毎晩、ニューヨークから私に電話をかけて来てるのよ。きょうは、どこそこへ行ったとか、きょうは午後からずっと会議でとても疲れたとか、ことしのニューヨークは、いつまでも寒いよとか……。でも、必ず、おやすみって言って電話を切ったわ。つまり、もう寝るから、よほどのことがないかぎり、電話をしてくるなって意味よ。あの電話はニューヨークからじゃなかったの。バリ島からだったのよ」

由加はそう言って、ブレスレットを外した。

「私たち、結婚して、まだ一年と少ししかたってないのよ。それなのに、夫がもう愛人をつくるなんて……」

「確証はあるのか？」

と梶井は訊いた。

「調べてもらったの。香港にも、日本の興信所みたいなのがたくさんあるから」

「間違いないのかい？」

「彼は、もともと、その人と結婚したかったの。でも、売り出し中の女優さんで、周りのガードも固かったし、彼女の立場もあって、半年ほどで別れたの。彼女のことを忘れるために、私を選んだのね。きっと、そうだわ」

「愛人の存在に由加が気づいたってことは、彼は知らないのか？」

「私、誰にも喋ってないわ。でも、その女優のブロマイドを、彼の机の上に置いといてやろうかって毎日思うの」

「そんなことはやめたほうがいいよ。俺はそう思うな」

「私たち、結婚して、まだ一年とちょっとなのよ。それなのに……」

由加は、ハンカチを使わず、両手の指で涙をぬぐった。

飛行機の中でも、こんなふうに泣いたなと梶井は思った。

「ちょいと魔がさしたんだよ。ばれたとわかったら、奥さんのそばにいづらくなって、本当にその女のところへ行っちまうってはめになる。行っちまうと、こんどは戻ってこれなくなる。もう少しのあいだ、知らんふりをしてたらどうかな。彼を嫌いになって、もう別れたいって思ってるわけじゃないだろう？」

あーあ、あの大金持ちの極楽トンボめ、ドジを踏みやがって……。人の好さそうな、いい意味でも悪い意味でも、絵に描いたようなお坊っちゃま面《づら》をした鄧健世の顔を思い浮かべ、梶井は胸の中でそう言った。

「私は、その女優の代わりだったの」

由加は首を左右に振りながら、沈んだ声で言った。そして、

「克哉、私を助けて」

と言って泣いた。

梶井は、そんな由加になつかしいものを感じ、苦笑しながら、

「助けてほしいのは、俺のほうだよ」

と言った。

「まったく矢巻ってやつは、意地汚ないスッポンみたいな男だよ。あんなにしつこいやつは、そうざらにはいない。金が払えないんだったら、〈サモワール〉を復活させ

ろってきたよ。俺が再デビューしたら、その話題だけで金になるんだってさ。俺には金なんてないし、もう一度あの世界に戻る気もない。由加の代わりの女性ボーカルには、もう白羽の矢をたててあるらしいんだ」

しかし、その梶井の言葉に、由加はまったく反応を示さず、両手で自分の頰を挟んで泣きじゃくるばかりだった。夫の浮気のこと以外、いまの由加の心に入っていけるものもなければ、そこから出てくるものもない……。

梶井はそう感じて、再び苦笑すると、由加の肩に手をかけ、

「とにかく、ちょっと冷静になれよ。ここはひとつ、かしこい奥さんになったほうがいい」

と言った。

「かしこい奥さん？　ただじっと我慢して、夫がその女に飽きてくれる日が来るのを待ってることが、かしこい奥さんなの？　私にはそんなことは出来ないわ」

「そんなふうにしろなんて言ってないさ。そんなことをしたら、由加はほんとの鬱病になっちまう」

「じゃあ、どうしたらいいの？」

梶井は、見栄《みえ》も体裁《ていさい》もかなぐり捨てて、夫の不貞に苦しんでいる由加の顔をのぞき

込み、

「由加は、よっぽどあの金持ちのアホボンに惚れてんだなァ」

と言って笑った。

「彼、アホボンなんかじゃないわ。とっても仕事の出来る、気持ちの大きな人よ」

「ごちそうさま。じゃあ、ここでひとりでめそめそ泣いてりゃいいさ」

「冷たいのね。克哉は、いつでも私を助けてくれたじゃない」

「そのために、俺はひどい目にあってる」

梶井は立ちあがり、冷蔵庫からビールを出してきて、それを飲んだ。ふと、男というものについての常識的な概念に頭をめぐらせた。

確かに、わずか新婚一年余りで、妻に対するよほどの不満がないかぎり、男が他の女と遊んだりするだろうか。しかも、鄧の浮気相手は、結婚まで考えたかつての恋人であり、同じ国の人間だ。微妙な心の機微という点では、外国人である由加よりも、その香港の女優とのあいだのほうが通わせやすいことだろう。

しかし、もし鄧が、由加に対してよほど大きな不満を抱いているとしたら、それはいったい何だろう……。

「ご亭主とのあいだに、とんでもない亀裂みたいなものがあったのか？」

と梶井は訊いた。

「そりゃあ、いろんな問題があるわ。夫婦のあいだのことで言えば、やっぱり言葉の問題は大きいの。私たちは、いまは日本語で話をしてるけど、鄧の日本語は百点満点で言えば五十点くらい。彼は日本語よりも英語のほうが得意なの。でも、私は英語がほとんど出来ないから、結婚してすぐに、広東語《カントン》を習い始めたの。夫の母国語で会話が出来るようにならなきゃあ、妻とは言えないでしょう？」

由加は、言葉の件以外に、夫の両親が日本人を好きではないという前提があったと説明し、

「夫の両親は、私を嫁に迎えることに大反対だったの。鄧家の親戚たちも、同じ気持ちみたい。だって、口には出さなくても、親戚の中には、叔母さんや従姉やお祖父さんが、戦争中に日本軍に殺されたって人が何人もいるんだもの」

と言った。

「私の両親も、私が鄧健世っていう中国人と結婚することに乗り気じゃなかったわ。お前は、どこまで自分のしたい放題にすれば気が済むんだって、父や母に言われたわ。だから当然、夫の両親と私の両親とは、そりが合わないの。でも、そんなことは、いつか時間が解決していくことでしょう？　それ以外に、私と夫とのあいだには

問題はなかったわ。でも……」

と由加は言って、しばらく口をつぐんだ。

「でも、どうしたの？」

と梶井は訊いた。由加は首をかしげ、言おうかどうか迷っているみたいだったが、

「鄧が矢巻にお金を払った日以来、ちょっと鄧の様子がおかしくなったの」

「おかしいって、どんなふうに？」

「ときおり、私を盗み見たり、ひとりで考え込んだり、具体的には言えないことばかりだけど、つまり、なんだか私とのあいだに薄い膜を作ったみたいな気がするの」

確証はなかったが、梶井は、矢巻が由加をあきらめるに際して、何かいやな置きみやげを鄧健世に残したような気がした。

「酔っぱらって、変な薬を飲まされて、気がついたら、どこかのホテルで眠ってたってことが二度ほどあっただろう？　自分の体には、男を迎え入れた跡があったって、俺に打ち明けただろう？　でも、そのとき、誰が自分をホテルに連れて行ったのか覚えてないって」

梶井は、二度と口にしたくなかった出来事を、遠慮ぎみに切り出した。由加は、うなだれたまま、小さくうなずいた。

「それが誰なのかなんてことは、もうどうでもいいんだけど、そいつが、たとえば、そのときのあらましを、由加のご亭主に聞かせたとしたら、それも尾ひれ背びれをつけて……」

由加はふいに決然とした表情で梶井を見つめて挑むように言った。

「仕方がないじゃない。私が馬鹿だったんだから」

ああ、よけいなことを言ってしまったな……。梶井は由加のきつい目つきにたじろぎながら後悔の念にかられたが、いったん口にした言葉をなかったことにするわけにはいかず、

「ほんとだ。由加は馬鹿だったよ。由加だけじゃなくて、この俺もだけど」

と言った。

梶井は、自分の取り消せない失態を由加に話して聞かせることで、いちおうこの場の由加の気分をまぎらわせればいいと考え、ポルトガルのリスボンから出した一枚の絵葉書にちなむ多くの出来事を喋った。

話が何度も横道にそれたりしたので、喋り終わるのに四十分近くかかり、ホテルの窓にかかっているレースのカーテンが朱色になった。

「俺は、その江崎万里って女と、まだ体の関係はないんだよ。俺が、それを避けて

る。でも、そういうことって、万里にしてみれば異常な状態だし、万里のお袋さんにしても、理解に苦しむところだろう。それどころか、俺は突然、ことわりもなしに、蓼科から姿を消しちまって、東京のお袋の家に舞い戻った。ヤマキ・プロダクションとの問題を、自分できれいに解決したいからって、万里にも、万里のお袋さんにも言ってあるけど、二人には、俺の考えてることくらいは、ちゃんと読めてる。利用するだけ利用して、いまになって逃げようとしてるってことをね」

「その万里って人から連絡はないの？」

と由加は訊いた。

「一日おきに電話がかかってくる。出るときもあるし、居留守をつかうときもある」

「その人、しつこそうね。なんとなくそんな気がするわ」

由加は、少し意地悪な口調で言い、

「そんなラブレターをもらって、それが本当は自分にではなくて、他の人と間違えて届いたんだって知ったら、もし私だったら死にたいくらい恥ずかしくて哀しくて、きっと何日も泣いちゃうわ。十八年間も、療養所で暮らしてきた若い女の子……。克哉には、きっと大きな罰があたるわね」

「罰は、もうあたってる。矢巻のしつこさも異常だ。この、鄧健世と矢巻とのあいだで交わした覚書が、どんな効力があるのか、俺には自信がない。俺を殴る蹴るして、それで水に流してくれたらいいんだけど、矢巻のやつは、そうはしてくれない」

由加は、梶井のその言葉には何も答え返さず、濃くなっていく夕焼けに見入りながら、

「その天野志穂子って人、どんな気持ちで、絵葉書を克哉に返してきたのかしら……」

とつぶやいた。

「その天野志穂子さんと比べたら、私なんて、つまらない人間ね。克哉も、つまらない人間だわ」

由加の言葉は、梶井の心に、天野志穂子の容姿を浮かびあがらせた。

ダテコのアパートの一室で逢ったときは、梶井は負い目と億劫とが心の大半を占めていたので、天野志穂子への警戒心というレンズを通して、彼女を観察したにすぎなかった。

だから、厄介に絡んでくる病的な精神の持ち主であることを恐れ、どうやらそんな女ではなさそうだとわかって安堵しただけで、天野志穂子に対する特別な感想は抱かなかったのである。

しかし、尾辻玄市から、封筒に入った絵葉書を突き返され、確かに自分の手によるリスボンからの短い文章を読んだとき、なぜか、それは相手を間違えたのではなく、まぎれもなくあの天野志穂子という女に書き送ったもののように思われた。

——ここに地終わり　海始まる——。自分は、すさまじい風と波のロカ岬にたたずんで、終わりと始まりとが、いつもひとつになって自分たちの前に存在していると感じた。人間は、年齢や状況にかかわりなく、つねに〈途上〉にある。生まれたての人間も、死にかけている人間も、結局は〈途上〉にあると感じたのだった。

ボロ雑巾のようになって飛行機に乗った由加は、わずか三週間のうちに、鄧健世のひたむきで強引で純朴な求婚に押しまくられて甦ったではないか……。人間とは、なんと逞しいものだろう……。そして、なんと多くの弱さと脆さのなかで揺れていることだろう。

そのような思いが、ひとり旅の感傷と、由加との別離という出来事——それも由加にとっては思いもかけぬ幸福な出発の橋渡しを為した余韻も手伝って、療養所で心を魅かれた女への、あのような絵葉書となったのだった。

あえて、文章が人目に触れる絵葉書にしたのも、ロカ岬の海鳴りが、心を高揚させていたからである。しかし、あの絵葉書が、別の女のもとに届くとは……。そしてそれが、十八年も入院生活をつづけていた若い女に奇蹟的な回復力をもたらす原動力になったとは……。

口数の少ない、つつましそうな、けれども多くのものを感じつづけていそうな、極く普通の二十四歳の女が、梶井のなかで、いま少しずつ輪郭を鮮明にしてきていた。

「しょうがないな。一肌脱ぐよ」

梶井は、ロカ岬の切り立った断崖と海鳴りの音を思い浮かべながら、由加の肩を叩いて言った。

「その代わり、俺も助けてくれよ」

「ほんとに一肌脱いでくれる？」

由加の顔に、頼りなさそうな笑みが生じた。

「新婚早々のご夫婦の危機を、丸く納めるにあたっては、俺はどちらからも感謝される権利がある」

梶井は、電話を指差し、

「ご亭主に電話しろよ。このホテルに来てくれって」

と由加に言った。

「この部屋に彼を呼ぶの？」

由加は困惑の表情で訊いた。

「そんなことをしたら、彼に誤解されるわ」

「部屋じゃないよ。コーヒーショップでもいいし、レストランでもいい。俺は、つまり、鄧健世と由加との縁結びをした人間だからね。由加は思い余って、とうとう俺に相談を持ちかけた。世の中にはつまんないお節介焼きがいて、鄧健世と香港の女優との仲を、そっと由加にしらせてきたやつがいる。由加は、そのことで悩んで、死にたいと言ってる。どうか由加を安心させてやって下さい。ねェ、鄧さん、そんな噂は嘘ですよね……。俺は、由加のご亭主に、そういうふうに話を持ちかける。あとは、彼がどんなふうに答えるかだな」

由加は、どうしようか迷っていた。梶井は、

「問題は、由加の気持ちだな。ご亭主が、その噂を否定し、身辺をすみやかに整理したら、由加は許してあげられるかい？」

由加は窓のところに行き、レースのカーテンを半分あけ、東京の街の夕暮れを随分長く見つめてから、

「彼の対応の仕方によるわ」

と言った。それから、また長いこと遠くを見つめていたが、

「ぼろぼろになってた私を好きになってくれて、私の失敗を包んでくれたんだもの……」

とつぶやいた。

「よし、じゃあ、電話をかけろよ」

梶井は立ちあがり、勢いをつけるみたいに、由加の肩をうしろから強く叩いた。

由加が夫に連絡をとったあと、梶井は部屋で待っているように言って、ロビーへ降り、鄧健世がやって来るのを待った。

道が混んでいるから、ひょっとしたら四十分近くかかるかなと思っていたが、鄧健世は、二十分でホテルに着き、気ぜわしそうにエレベーターへと向かった。そんな鄧を、梶井は呼び止めた。

「あなたがこなかったら、ホテルの人にたのんで、部屋に入るしかないなと思ってたとこです」

と、梶井は驚き顔の鄧に言い、とにかく、由加のいる部屋に電話をして、はやまったことをしてはいけないと言ってやってくれと耳打ちした。

「はやまったこと？」

由加よりも少し背の低い、胴長短足の見本みたいな鄧健世は、

「由加は、どうしましたか?」

と訊いて、梶井の肘のあたりをつかんだ。梶井は、予定してあった言葉を、神妙な顔つきで話して聞かせ、再び、

「とにかく、とりあえず、奥さんに早まるなと言ってあげないと」

そう脅すように言った。

「ぼくは、そんなことはしていないよ。それは誰かの嘘」

鄧は、顔をしかめ、両腕をひろげると、慌てて館内電話を捜した。

さあ、あとは二人の問題だな……。梶井はそう思い、いつ退散しようかと、ロビーのソファに坐って、煙草を吸った。そうやって、こちらに背を向けて、片手を烈しく動かしながら館内電話で、由加と話をしている鄧健世を見やった。

今度のことが一件落着しても、由加はこの金持ちのボンボンの女遊びに悩まされるだろうなと思った。

「だけど、こんな冴えない男が、どうしてもてるんだろうなァ。やっぱり、男は金かねェ」

そうひとりごちたとき、鄧健世が、

「梶井さん、梶井さん、由加に何か言って下さい」

と大声で呼んだ。かなり、せっぱつまった表情だったので、ロビーにいる多くの人たちが、鄧健世を見つめた。

「私は死にたいって言ってます。由加は本気ですよォ」

鄧健世は、不安を隠しきれないのか、ネクタイをゆるめ、近づいてきた梶井に、人目もはばからず言った。

梶井は、鄧に代わって電話に出ると、

「由加、気を落ち着けろよ。とにかく、ご主人と逢って直接話をしろ。部屋のドアをあけろよ」

と芝居がかった口調で言った。

「ニューヨークにいなかったじゃないのって言ったら、大事な仕事だったから、社員には、ニューヨークにいることを内緒にしてただって。都合が悪くなると、広東語で弁解するの。もうちょっとそこで困ってたらいいわ」

由加は、なんだか駄々をこねるみたいに梶井に言い、

「ねェ、お芝居をつづけて」

と声を忍ばせた。

「よし、わかった。とにかく三十分間、ご主人に余裕を与えてあげてくれ。三十分た

ったら、もう一度電話するからな。それまでは、早まったことをしちゃいけないぞ」

梶井は電話を切った。そんな梶井の上着の袖口をつかみ、

「ホテルの人間にマスターキーであけてもらいましょう」

と鄧は聞き取りにくい日本語で言った。

「そんなことはしないほうがいいですよ。それよりも、男同士だから、ぼくには本当のことを言いなさい。ぼくは、うまく処理してあげられると思うな」

と梶井は言い、鄧をバーに誘った。

三十分間という時間を気にしながらも、鄧は、香港の女優とのことは、ほんの遊びにすぎず、相手も、つまるところは安定したスポンサーが欲しいだけなのだ。自分は、由加との家庭が大切だ、由加とその女優とを比べることなんか出来ないと梶井に言った。

「その女優とは、すぐに別れられるのかい？」

と梶井は、鄧に訊いた。

ここで鄧健世に恩を売って、矢巻繁男に追い廻されるという窮地を脱する手だてを鄧にゆだねようと目論《もくろ》んでいる梶井は、自分もいかにも時間を気にしているふりをしながら、鄧の、どこかのんびりした童顔を見つめた。

鄧健世は、

「すぐには別れられないよ。だって、ぼくたちは、やっと始まったばっかりで」

と未練がましそうに言った。

「女房にばれそうになってて、悠長なことを言ってる場合じゃないだろう？」

「由加は、疑ってるだけかな。証拠をつかんでしまったのかな」

と、健世は梶井に訊いた。

「そりゃあ、まだ疑ってるだけだよ。鄧さんは、ここは徹底的に、知らぬ存ぜぬを押し通すしかない。その女優とは逢ったこともない。根も葉もない嘘だって、ひたすら言いつづけるんだ」

「勿論、ぼくはそうします」

「だけど、その女優に未練を持って、由加に内緒で当分関係をつづけようなんて助平ごころを出すと、おしまいだぞ」

鄧は、ピアノの鍵盤を叩くみたいに、指でせわしなくテーブルの上を打って考え込んでいたが、やがて、身を乗りだして、小声で言った。

「梶井さんは、ほんとにぼくの味方をしてくれる？」

「ああ、味方だよ。だから、こうやって、バーで打ち合わせをやってるんだろう？」

「ぼくも、この一ヵ月、とても悩んだ。ぼくのほうがノイローゼね」

「その女優が、とんでもないわるで、ゆすられてるのかい？」

鄧は、時間を気にしながらも、テーブルの上に視線を落とし、いやに深刻な顔つきで考え込んでいたが、

「子供が出来たよ」

と言った。

「子供？　その女優にかい？」

鄧は、うなずき、

「ぼくの子供」

と言って、腕時計を見た。

「ええ！　どうするんだい、まさか産む気じゃないだろうな」

梶井は、驚いて訊いた。当然、中絶してしまうものと思ったが、鄧からは意外な返事が返って来た。

「彼女は産みたがってるし、ぼくも、それでいいと思ってる」

「由加とのことはどうなるんだい。由加と離婚するのか？」

「由加とは、絶対に離婚したくない。でも、彼女のお腹の子も、ぼくは殺したくない

よ」

「なにをとぼけたこと言ってるんだよ。その女優とのあいだに子供を作って、由加とも別れないなんて、そんなこと出来るわけないだろう」

梶井は、あきれて、鄧の顔をのぞき込んだ。

けれども、鄧は本気だった。そのことは、もう随分長いこと二人で話し合って、決めたのだという。しかも、その女優は、鄧とのあいだに出来た子供を産んで育てるために、ちかぢか仕事をやめるという。

「香港の人気女優だろう？　そんなに簡単に仕事をやめられるのかい？」

梶井は、いささかあきれながら、半信半疑で訊いた。

「由加の場合よりも、もっと難しい問題があるんだ。でも、そんなことは、金で解決出来るよ」

と鄧は屈託のない表情に戻って言った。そして、再び声を落とし、梶井のほうに体を近づけると、

「香港のマスコミから逃げるために、メイホーは、いま日本に来てる。このホテルに泊まってるんだよ」

「このホテル？　いま、その女優は、このホテルにいるのか？」

梶井は、二の句が継げず、茫然と鄧健世を見つめた。鄧は何度もうなずき、

「由加がこのホテルから電話をかけてきたときは、ぼくは心臓が止まりそうだったね」

と言い、おどけたように体を左右に揺すった。

「そりゃあ心臓も止まりかけただろうさ。だけど、そのメイホーって人とのあいだに子供を作って、鄧さんは、いったいどうするつもりなんだ？　一生、由加にばれないようにしていくつもりなのか？」

「ぼくのことは、ケンセイと呼んでちょうだい」

「なにが、ちょうだいだ。のんきにしてる場合じゃないだろう」

「ぼくとメイホーとで、そう決めたよ。メイホーは、ぼくの家庭を不幸にしたくないと言ってる。だけど、子供は産みたい。その子供に対しては、ぼくは全責任を持つ。メイホーは仕事をやめて、来月、ニューヨークへ行く。ぼくは、メイホーと生まれてくる子供のために、ニューヨークにアパートを借りた。だけど梶井さん、ぼくは、メイホーとその子供のことは、絶対に由加には知られたくない。ぼくを助けて下さい」

夫婦揃って、この俺に助けを求めるなんて、どうかしてるよ。俺は、矢巻につきまとわれて、毎日毎日逃げ廻ってる職のない男なんだぜ……。梶井はそう思いながら、

無言で鄧を見つめた。

鄧健世と、そのメイホーという女がやろうとしていることは、由加に対する冒瀆だが、生まれてくる子を堕すことは、殺人でもあるのだ。そのメイホーという女に、うまく手玉にとられているのではあるまいな。梶井は、そう思い、自分のそんな疑念を鄧に述べた。鄧は、首を烈しく左右に振って、梶井の疑念を否定し、

「メイホーは、ぼくの家庭を不幸にすることは、自分と、これから生まれてくる子も不幸になることだと信じてるよ」

と言った。

メイホーのことは、まだ誰にも言っていない。誰にも相談出来ない事柄でもある。しかし、自分はいま初めて、梶井にだけ喋ったのだ。そう言ってから、鄧健世は、

「ぼくは、由加を愛してる。由加を失いたくない。由加と、ずっと夫婦でいたい。でも、メイホーも愛してる。メイホーも幸福にしてやりたい。ぼくがやろうとしてることは、簡単なことじゃないけど、ぼくは、由加に一生気づかれない自信がある。ぼくは、うまくやる。ぼくは、由加とメイホーを絶対に幸福にしたいよ」

と言った。

「それは、生半可なことじゃないぜ。ケンセイ、そんなことは、俺が言わなくても、

ケンセイにはわかってるだろ？」

「わかってるよ。だから、ぼくは、ずっとノイローゼがつづいてるね」

梶井は、腕時計を見た。三十分は、とうに過ぎてしまっていたので、由加のことが気になり、バーの電話をつかって由加の部屋につないでもらった。

「ご亭主は、由加の誤解だと言ってる。その女優の、家庭のトラブルの仲裁役をするはめになったんだけど、ややこしい問題もあったからだってさ。そのトラブルは解決したから、もう自分とその女優は逢う必要がない。ぼくは由加をとても愛してるし、由加との家庭をこわしたくない。ご亭主はそう言ってるよ」

「しらばっくれて」

と由加は言った。梶井は、由加のその言葉が自分に向けられたもののように感じ、

「とにかく、ご亭主は、いまから由加の部屋に行くよ。ドアをあけてあげるだろう？」

と訊いた。由加は承諾した。

梶井は、テーブルに戻ると、

「由加が逢うってさ」

と伝え、自分がいま電話でついた嘘を鄧に話して聞かせた。

鄧は、いかにも万事めでたしめでたしといった笑顔で、梶井に握手を求め、

「謝々、謝々。梶井さん、ありがとう」

そう言って、そそくさと立ちあがり、バーから出て行きかけたが、急ぎ足で戻って来ると、

「ここで待っていて下さい。今夜は、予定がありますか？」

と訊いた。

「ヤマキ・プロダクションとの問題で、俺はノイローゼにかかってるんだ。矢巻にしつこくつきまとわれて、ただ逃げ廻るだけ。予定なんてないよ」

「それなら、ここで飲んでいて下さい。ぼくは必ず、このバーに戻ってきます。だから、ここから動かないで下さい」

鄧は、このバーで待っているようにと何度も念を押し、由加のいる部屋へと向かった。

「一生、由加にばれないように……？　そんなことが可能か？」

梶井は、妙に疲れを感じつつ、そうひとりごちた。

どこまで極楽トンボと言えばいいのか、それとも、そのあたりが〈大陸的〉とでもいうのか、鄧健世とメイホーが、これからやろうとしていることは、無謀な衝動にし

かすぎないようでもあり、考え方によっては、めでたしめでたしの楽観的解決法みたいにも思えて、梶井は、自分という人間を、ひどくちっぽけなものに感じた。

「だけど、世の中そんなにうまくいくもんかなァ……」

梶井は、バーボンの水割りを飲みながら、急に客が増えたバーの奥の席で、そうひとりごちた。

「俺にとっても、これは由加への裏切り行為以外の何物でもないしなァ」

まあ、とにかく、この一件で、俺は鄧健世に大きな貸しをつくることになる。俺とヤマキ・プロダクションのいざこざは、つまるところ、金でかたがつくのだから、きれいさっぱり解決するのは時間の問題だろう。

それにしても、この俺という人間は、確かにいつも出口をみつけようとしている。逃げ場を作っておかないと、どんな道にも足を踏み入れられないようだ。まったく、尾辻玄市が指摘したように、それはこの俺の、人間としての癖、あるいは病気と言ってもいいくらいのものだな……。

梶井は、ひさしぶりに、アルコールの酔いを心地良く感じた。ヤマキ・プロダクションと完全に縁が切れると考えただけで、とてつもない重荷から解放されたのだった。

残るは、江崎万里とのことか……。梶井は、まるで泥酔しているみたいに、グラスを両手で持ったまま、体中の力を抜いてソファに凭れ、ぼんやりとバーの天井を見やった。

「万里と寝なくてよかったよ。まったく、これだけは、まぎれもない事実だからな。『いままでお世話になってありがとう。俺は俺でやり直すから、きみもきみで新しい道を歩いてくれ。だって、お互い、好きだったけれど、俺たちはただそれだけで、体の関係なんてなかった。かりにあったとしても、そんなのはたいしたことじゃないけどね』……そう万里に言って、それでおしまい……」

梶井は、ゆっくりとソファに凭せかけた頭を左右に振った。

鄧健世が、バーに戻ってきたのは、二時間後だった。彼は、ひとりの小柄な女性をつれていた。

全体に何もかもが小造りで、これが香港の有名な女優なのかと意外に思えるほどに地味な女性だったが、子細にみると、やはり見惚れるほどに整った顔立ちをしている。

「メイホーね。日本語はぜんぜん喋れない。英語は、ぼくよりうまい」

と鄧は言い、梶井にメイホーを紹介した。

「由加はどうしたんだ？」

「いま、ちゃんとマンションへ送って来たよ」

苦衷の色もなく、鄧は人の好さそうな笑顔で言った。

メイホーは広東語で鄧に何か質問し、鄧がそれに答え返した。

梶井には、二人が何を話したのか、皆目わからなかった。メイホーは、オレンジジュースを注文してから、梶井に含羞《がんしゅう》の微笑を注ぎ、それから、そっと目を伏せた。

「由加はケンセイをゆるしてくれたのかい？」

と梶井は訊いた。

「まだ少し疑ってるよ。でも大丈夫。ぼくは上手に嘘をついたね」

鄧は、機嫌のいい表情で言った。

何が、上手に嘘をついたね、だ。まったく、こいつはおめでたい野郎だよ。梶井は、あきれて胸の内でそう言ったが、このどうにも憎めない、鄧健世という香港の大金持ちの御曹司に、やはり友情と呼ぶしかない感情を抱きはじめているのを知った。

「いつ、ニューヨークへ行かれるんですか？」

と梶井は、メイホーに日本語で話しかけた。鄧が、メイホーと梶井の会話を嬉しそうに通訳した。

「十日後です。一度、香港に帰って、それからニューヨークへ行きます」

　とメイホーは言った。

「女優のお仕事を捨ててしまうのは、残念じゃありませんか？」

「女優なんて仕事は、私には向いていません。女優になりたいと思ってたころは、そうなることが人生のすべてみたいに思ってました。でも、そうなってみると、私にはまったく不向きな仕事だとわかったんです。演技をしてる自分を、どうしても好きになれないんです。それどころか、そんな自分をだんだん嫌いになっていくんです」

「ぼくは、香港の映画界のことは、まったく知らないんです。メイホーさんは、日本の女優で言うと、どんな人にたとえられますか？　つまり、人気のランキングだとか、どんな役が多いとか、キャスティングでは、自分の名前が何番目に位置するかとか」

　その梶井の質問に、メイホーは、ゆっくり考えながら、丁寧に答えた。メイホーの答えを総合すると、彼女は、現在では香港の映画界では、一、二を争う人気女優ということになるのだった。

「鄧さんの家庭を、生涯不幸にしないってご自分で誓われたそうですが、ぼくは、そんな女性の誓いを信じない。いまはそう決めていても、いつか、鄧健世という男の家庭に嫉妬するようになる。それが自然というものでしょう」

　その梶井の言葉に、メイホーは視線をテーブルに落としたまま、長いこと考えてから、

「でも、私は私に誓ったんです。十日や二十日考えて出した結論じゃありません。私が、不幸になると思います。なぜか、そんな気がするんです。私は、私と子供の幸福のために、由加さんを不幸にしてはいけないんです」

「あなたとのことが、由加にわからなかったら……。それも、生涯、わからないままで終わったら、由加は不幸にならないって思いますか？」

　梶井は、目を伏せているメイホーの面立ちが、誰かに似ているなと思いながら、そう訊いた。

　メイホーは、また深く考えるような表情で、人差し指を自分の顎に触れたまま、

「私たちのことがわからなかったら、由加さんは不幸になりません。わからなかったら、怒りも出来ないし、哀しくもない……。そうじゃありませんか？」

　と逆に訊き返してきた。

　理屈では、確かにそのとおりだと言えた。しかし、果たしてそうなのであろうか……。梶井は梶井なりに考えてみたが、本当に生涯、由加に知られないままで済むも

のだろうかという思い以外の結論は出てこなかった。

「問題は、ケンセイだな。ケンセイが、どんなにうまく、メイホーとの愛情と、由加との愛情を区分するかだよ」

区分という言い方が、この場合、正しいのかどうかも梶井にはわからなかったが、いまのところ、そんな言葉しか頭に浮かばなかった。

「ぼくは、上手にやるよ。ぼくは、自分からは失敗しない」

と鄧は言った。

梶井は苦笑し、

「でも、ケンセイは、すでに不用意なことをやっているんだぜ」

「どうして?」

「ケンセイは、由加をマンションに送ってから、このホテルに戻って来ただろう? でも、たとえば、由加がホテルの部屋に何か忘れものをして、それを取りに来て、ひとりで少し軽い酒でも飲みたくなって、このバーに入って来たらどうする?」

鄧は、何か言い返しかけたが、困惑の顔つきで、

「うん、どうしようかな……」

とつぶやいて苦笑した。

「有り得ないことじゃないだろう？」

その梶井の言葉に、鄧は苦笑したままうなずいた。

「由加が、まだ疑いを捨ててなくて、興信所に頼んで、ケンセイを尾行させたらどうする？」

「コーシンショ？」

「つまり探偵だよ。英語では何て言うのかな。えーと、刑事じゃなくて、金で雇われて、人のことを調べるやつだ」

「ああ、ディテクティブね。プライヴェート・ディテクティブ」

「そう、それだ。いまのケンセイのやり方だと、すぐにばれちまう」

「由加は、探偵なんか雇って、ぼくをしらべたりしないね」

鄧は、のん気にそう言って笑った。

こいつは、本当に極楽トンボってやつだなァ。もうすでに、由加が香港の私立探偵を使って、メイホーとのことを調べたなんて、はなから考えてもいないんだから……。

梶井は、よほどそのことを教えてやろうかと思ったが、由加が知らんふりをしているのに、自分から明かすわけにはいかなかった。

「私たちのやろうとしてることは、絶対に許されないことです。それは、私がよく知っています」

それまで、目を伏せて黙っていたメイホーが、ふいに梶井を見つめてそう言った。

「私たちの計画が、どんなに由加さんに対する侮辱かも知っていますし、隠しとおすことが、どんなに困難かも知っています。でも、私は、自分がやろうとしていることに責任を持てる自信があります」

「責任？」

「ええ、責任です。私は、どんなにたくさんの証拠を突きつけられても、私の子は、鄧健世の子ではないと言いつづけます」

そんなメイホーを見つめ返しているうちに、梶井は、メイホーが誰に似ているのかに気づいた。目鼻立ちは、まるで異なってはいるが、人間として持っている雰囲気が、あの天野志穂子と似ていたのだった。

このメイホーという女は、どんな生い立ちなのだろう……。梶井は、そのことを訊いてみたくなったが、このへんで、いちおう話を打ち切ろうと決め、

「二人で、そんなふうに決めて、固く誓ったのなら仕方がないよ。ぼくが、どうのこうのと口出しするわけにはいかないからな」

と言った。そして、なんだかこの二人とは、長いつきあいになりそうだなと思った。

鄧健世は、自分の名刺に、幾つかの電話番号を書いた。

「これが、香港のぼくの事務所。これが、ニューヨークの。これが、メイホーの、ニューヨークの家」

全部、内緒の直通電話だと説明し、鄧は、由加のために、自分たちに協力してくれと梶井に頼んだ。

「由加のためにか……。あたりまえだよ。由加のためじゃなかったら、ケンセイの自分勝手な決意や誓いに協力なんかするもんか」

梶井は、多少の憤りを込めて言った。

食事をしないかと鄧に誘われたが、梶井は、なぜかひとりになりたくて、ホテルから出た。しかし、昼から何も食べていなかったし、ヤマキ・プロダクションとの面倒な問題が解決するめどもたって、にわかに空腹を感じ、以前に尾辻と何回か行ったことのある赤坂の魚料理店に行こうと決めてタクシーに乗った。

「あの店の、穴子の天麩羅は最高だからな」

尾辻は、いつ東京に帰ってくるのだろう。あの店の主人と尾辻は仲がいいから、主人に訊けばわかるかもしれないと梶井は思った。

店に着くと、一階のバーに寄らずに、梶井はそのまま二階へとあがりながら、カウンターのなかの主人に、尾辻のことを訊いた。

「あいつ、いつ東京へ帰れるんだ？」

「なんか、このままずっと金沢支社にいそうな按配《あんばい》だって、尾辻さんの同僚が言ってましたよ」

階段の途中で歩を止め、

「ずっと？　ずっとって、どのくらい？」

と梶井は訊き返した。

「三、四年になるかもしれないそうです」

あしたにでも金沢にいる尾辻に電話しよう。そう思いながら、梶井は二階の、魚料理の店のテーブルに坐り、冷酒と穴子の天麩羅を注文した。

「はもの湯通しを梅酢で食べるってのはどうです？」

カウンターのなかにいる板前が元気のいい声で言ったあと、梶井の顔を見つめ、

「あれ？」

とつぶやき、周りを気にしながら、梶井の坐ったテーブルへとやって来た。

「梶井さんじゃないですか。なんだか聞き覚えのある声だと思って、はもの湯通しはどうですなんて言っちゃったけど、まさか梶井さんだとは思わなかったよ」

「三年ぶりかな。行方をくらまして以来、ここには来たくても来られなかったからな」

と梶井はそれまでずっと外していた伊達眼鏡をかけながら言った。

「もう大丈夫なんですか？」

と板前は訊いた。

「そろそろかたがつきそうなんだ」

「そりゃあ、よかったですね」

板前はそう言って、カウンターのなかに戻った。

梶井は、最も忙しい時間が終わって、カウンターの席に三人、テーブル席に三組の客しかいない店内を見廻し、奥の窓ぎわの席に坐っている若い女と目が合った。彼は驚いて、その女を見つめた。天野志穂子であった。目鼻立ちなど、ほとんど覚えていないつもりだったのに、実際に見ると、やはりすぐに天野志穂子だとわかったのだった。

梶井は、何と言っていいのかわからずに、無意識に伊達眼鏡を外し、志穂子に軽く会釈をした。志穂子も、ぎごちなく会釈を返してきた。

志穂子の席には、他に三人の連れがいた。初老の夫婦と、いかにも女子大生らしい娘だった。

家族だろうか……。梶井はそう考え、志穂子が家族と一緒ならば、なおのこと、気まずい場所に来てしまったものだなと思った。このまま会釈だけで済ましていいものかどうか迷いながら、梶井は再び伊達眼鏡をかけた。

もずくの酢の物をあてに冷酒を飲み、梶井は、ときおり志穂子のほうを盗み見て、早く店から出て行ってくれることを願った。

しかし、天野志穂子は、あの絵葉書を俺に返してきたのだ。すべては、そのことで終わったのとおんなじだ。このまま、俺はひとりで酒を飲み、料理を食べて、知らんふりをして店から出て行けばいい……。

梶井はそう決めたが、やはり落ち着かなくて、志穂子のいる席を見た。すると、志穂子の家族とおぼしき三人が、慌てて梶井から視線をそらした。

ヤマキ・プロダクションとのごたごたも解決するという解放感が、ふいに梶井を立ちあがらせた。

梶井は、志穂子の傍に行き、

「お久しぶりです。先日は失礼しました」

と言った。志穂子は、いかにもどぎまぎした様子で、

「いえ、こちらこそ、失礼なことをして……」

と言ったあと、

「両親と妹です」

と三人を紹介した。

「梶井です。初めまして」

彼は、例の絵葉書の件を、志穂子の家族は知っているのだろうかと思いながら挨拶した。

志穂子の両親も立ちあがり、それにならって妹も立ちあがった。

「初めまして、志穂子の父でございます」

同じような言葉が、志穂子の母と妹から発せられた。

「おひとりですか？」

と父親が訊いた。

「ええ。久しぶりに、この店の穴子の天麩羅が食べたくなりまして」

「穴子の天麩羅ですか」

「この店の自慢の品です。お試しになったらいかがですか？」

と梶井は、穏やかそうな父親の微笑に安心して、そう勧めた。

「私たちも、ついさっき来たばかりなんです。お刺身ばっかり注文して、何か他のお料理も頼もうって話をしてたとこで」

と母親が早口で言った。

「もしよろしければ、私どもとご一緒にいかがですか？　私は酒のお相手は出来ませんが、家内は相当いけるくちですので」

志穂子の父は、緊張してしまっている志穂子を見やりながら、梶井にそう言った。母親も、ぜひご一緒にと勧めた。志穂子の妹だけが、冷静な目を梶井に注いでいた。梶井は、坐ったまま、背筋を伸ばして、困惑の表情を隠せないでいる志穂子を見た。やっぱり、メイホーと似た雰囲気を漂わせていると思った。

「じゃあ、お言葉に甘えて」

と梶井は言い、店の者に、自分の酒をこっちへ運んでくれるよう頼んだ。そんな梶井を、志穂子は意外な表情で見つめ、それから、両親の顔を上目使いに見やった。

「酒はお飲みにならないんですか？」

梶井は、志穂子の父の隣に坐ると訊いた。

志穂子の父は、テーブルに置いてある冷酒用の切り子ガラスの猪口《ちょこ》を指差し、

「これに二杯で、心臓が踊りだしますね」

と言って笑い、梶井の猪口に酌をしてくれた。

目鼻立ちは父親に似ているのだなと思いながら、梶井は志穂子を見やった。志穂子は、まだぎごちなく父と母の顔を交互に見ていた。

「おいしかったから、一度行こうって志穂子に誘われて、きょう初めてこのお店に来たんです。こうやって一家全員で、外で食事するなんて、十八年ぶりなんですのよ」

母親がそう言うと、志穂子はやっと口を開いた。

「十八年ぶりじゃないわ。私が退院して三日目に、駅の近くのお寿司屋さんに行ったじゃない」

「ああ、そうね。でも、あれは家の近くでしょう？　わざわざ赤坂まで出て来るなんての初めてですよ」

梶井は、どうして志穂子がこの店を知っているのだろうかと思い、即座に尾辻の風貌を思い描いた。梶井が何も訊かないうちに、

「尾辻さんが、この店でご馳走して下さったんです」

と志穂子は言った。

これで、なんとか話題が出来たな……。梶井は少しほっとして、

「いつごろです？　尾辻はいま金沢にいるから」

と訊いた。

「金沢に行かれる少し前です」

「さっき、この店のマスターに訊いたら、尾辻のやつ、このまま金沢支店に三、四年いる可能性が強いみたいだったな。ちょっと金沢支店の応援に行ってくるなんて気楽に言ってたけど、結局は転勤てことなんだな」

志穂子は、そのことは知らなかったらしく、

「もう決まったんでしょうか」

と梶井に訊いた。

「この店のマスターも、直接本人から聞いたんじゃないから。でも、あしたにでも尾辻に電話してみます」

志穂子は、料理が運ばれてきて、全員が箸を使い始めたころ、いかにも言葉を選びながら話しているといった感じで、

「こうやって、人の多いところにひとりで出掛けられるようになったというのは、プロダクションとのことが解決したんですか？」

と梶井に訊いた。

「解決しかかってるんです。もうじき、一件落着になると思います」

「よかったですね」

と志穂子は言い、穴子の天麩羅を口に入れて、おいしいとつぶやいた。

志穂子の母が、梶井に酌をしてくれたので、梶井もそれを返した。

「冷酒はあとでこたえますけど、大丈夫ですか」

と梶井は志穂子の母に笑顔で言った。

この一ヵ月ばかり、お酒は飲んでいないが、日本酒なら三合ぐらいは大丈夫だと母親は答え、

「女のくせに、自慢になりませんわねェ」

と笑った。

「ぼくは、冷酒を三合飲んだら、あくる朝、頭が痛いですよ」

そう言って、さらに酒を勧めながら、梶井は、志穂子と尾辻玄市がこの店に来たということに対して、妙な心のつかえが生じているのに気づいた。

尾辻が自分から女を誘って食事をともにするなんて珍しい。よほど、志穂子を気にいったのだろう。この、美人でもなんでもない、極く平凡な天野志穂子という女に

は、容貌とは別の部分から漂ってくる魅力がある。控えめで、つましくて、自分の分を越えない振る舞い……。そして、外見よりもはるかに物事を考えているらしい目の光。きっと尾辻は、やっと自分の好みの女に出逢ったというわけだ。

でも、この志穂子は、俺からのラブレターに心をときめかせ、それを巨大なようすがとして病気を好転させたのだ。あの絵葉書が志穂子に与えたものは、きっと数限りないだろう。しかし、その根幹にあったのは、まぎれもなく、この梶井克哉への恋だったはずだ。

梶井の内部に、ふいに、志穂子の心を自分に向けさせたいという衝動が起こった。それは、再会して、あらためて志穂子の女性としての魅力に興味をいだいたわけではなく、志穂子をもう少し翻弄しておきたいというなんだか残忍な気まぐれであった。

「尾辻とは、何回かこの店に来られたんですか？」

と梶井は志穂子に訊いた。

「いいえ、一回きりです」

と志穂子は答えた。

「尾辻は、いま金沢でどんな仕事をしてるんだろう。ときどき尾辻から電話でもありませんか？」

梶井は、尾辻と志穂子が、いまどの程度のつきあいなのかをさぐるために、そう訊いてみた。

「暑中見舞いをいただきました。こきつかわれているって書いていらして……。尾辻さんの字、一つひとつが十円玉ぐらいの大きさで、体が大きいと、字まで大きいのかなって思いました」

そう言って、父親に視線を向けた。

いまは、家族と一緒だから、この程度にしとこう。でも、とっかかりだけはつけとかないとな……。梶井はそう思ったが、今夜、ほんの短い時間でも、志穂子と二人きりになる方法はないものかと考えた。

彼は、トイレに行くふりをして、下のバーに行き、マスターに耳打ちした。

「俺が二階にあがったら、電話がかかってるって呼びに来てくれよ」

梶井は、店のマスターに目くばせし、頃合を見はからってから二階へ戻った。一階のバーと二階の料理店とは、内線電話でつながっていて、板前は電話に出てから、大きな声で、

「梶井さん、下に電話が入ってるそうですよ」

と言った。

「俺に？　変だな。誰だろう」

彼は、いかにも相手が誰なのか考えるふりをしながら、一階のバーに降りた。そして、マスターに礼を言ってから、再び二階へ戻り、

「尾辻からですよ。いま、天野さんがご家族と一緒に来てらっしゃるって言ったら、ちょっと電話で話をしたいって」

と志穂子に言った。

「あら、バーのほうにですか？」

志穂子は立ちあがり、梶井のあとから急ぎ足で階段を降りた。バーのカウンターのところに行くと、梶井は振り返って志穂子を見つめ、尾辻から電話だというのは嘘なのだと言った。

「嘘……？」

志穂子は、少し首をかしげ、ぽかんと梶井を見やった。

「ご家族のいるところで、こんな話、出来ないから」

「どんな話ですか？」

「どうして、あの絵葉書を返してきたりしたんです？」

「だって、私がいただいたものじゃありませんから」

志穂子は、梶井の心が量《はか》りかねるといった表情で、そう答えた。

「ぼくは、どうかしてたんです。尾辻から志穂子さんのことを聞いて、とっさに嘘をついたんです。ぼくが、あんな大事な絵葉書を、相手を間違えて送ると思いますか？ぼくは、間違いなく、あなたに送ったんです」

志穂子は、小さく唇を開き、ときおり視線をあちこちに散らしながらも、梶井の目の奥から真意をさぐりだそうとするかのように見つめ返してきた。

「あしたの夜、電話をかけます。ここに電話番号を書いて下さい。どうして、尾辻にあんな嘘をついたのか、あした、ちゃんと説明しますから」

梶井はそう言って、ズボンのポケットからマッチ箱を出し、マスターにボールペンを借りた。志穂子は、周りを気にしながら、マッチ箱に自宅の電話番号を書いた。その志穂子の手がかすかに震えているさまを、梶井はほどよく酔った心で楽しんだ。

二階に戻り、席につくと、梶井は、志穂子の母親と何度か酌のやりとりをした。

「尾辻さんのお名前は、ときどき志穂子から聞くんですが、梶井さんとは高校時代のお友だちですか？」

と父親が訊いた。

「ええ、ラグビーのファンなら、尾辻玄市の名を知らないやつはいません。名選手でした」

梶井は、そう答えながら、いま俺は、何の逃げ場も作ろうとはしていないと思った。

第五章　ふたりの人

いったん返した梶井からの絵葉書と、金沢にいる尾辻玄市からの手紙が、同じ日の郵便物に混じっていたことを、志穂子はなんだかとても不思議に感じながら、それを机のひきだしから出して何度も読んだ。

絵葉書は、封筒のなかに入れられ、梶井の手紙が添えてあった。

——この絵葉書をもう一度送ります。宛先が、長野県の病院ではなく、横浜のご自宅であることを心から嬉しいと思っています。

こんどの日曜日に逢えるのを楽しみにしています。どうか、待ちぼうけをくわさないで下さい――。

その梶井の手紙を読み、再び戻ってきた絵葉書を眺めたあと、志穂子は、尾辻玄市からの手紙を読んだ。

前略

お体の調子はいかがですか。東京はまだまだ残暑が厳しいようですが、金沢も、相変わらずの暑さがつづいています。

ぼくは、先日、四日ほど夏休みをとって、黒部峡谷へ行ってきました。きれいな空気を吸って、生き返った気持ちがしました。黒部から帰って来た翌日、上司から正式な転勤通知を受けました。予定は二年間です。金沢支店に二年間の転勤は異例の短さですが、それは、そのあとにブラジルのサンパウロへの転勤がひかえているという含みです。そのことは、専務からの直接の電話で知りました。

暑さの峠が越えたら、一度、ダテコと金沢に来ませんか。おいしいものをご馳走します。もし、体の調子がよくて、その気になれば、黒部峡谷への小旅行をなさることをお勧めします。いまは、夏の観光客でいっぱいでしょうが、八月の末になればホテルも空きはじめるとのことです。それではどうかお元気で。

草々

尾辻は、たったそれだけの文章を、七枚の便箋を使って書いていた。以前もらった葉書の字よりも小さかったが、それでもひとつの字は、一円玉ほどあり、ボールペンをよほど強く押しつけて書いたのか、字の角にあちこち穴があいたり、破れかかったりしている。

「志穂子、電話よ」

と階下の母が呼んだので、志穂子は慌てて二通の封筒を机にしまい、階段を降りた。ダテコからだった。

「ねェ、体の調子、どう？」

とダテコは訊いた。

「調子いいわよ」

「でも、旅行はまだ無理よね」

「旅行って？」

「尾辻さんから葉書が来て、金沢へ遊びにこないかって」

とダテコは言った。

自分にも、きょう尾辻から手紙が届いたと、うっかり口にしそうになって、志穂子は、

「うーん、まだ旅行は自信がないのよね」

という言葉で誤魔化した。

きっと筆不精なのであろう尾辻が、この自分には七枚もの便箋を使って手紙を書き、ダテコには葉書だったということにこだわったのであった。そして志穂子は、ダテコの、尾辻への思いを知っていた。

「そうね、とくに暑いときは、あんまり出歩かないほうがいいかもしれないわね」

とダテコは、そんなに残念そうでもない口調で言った。

「それよりも、試験はどうだった？」

と志穂子は訊いた。美容師の免許を受けるための一次試験の結果は、八月の半ばごろに発表だとダテコから教えられていたのだった。

「あしたが発表なの。それで、落ち着かなくって」

とダテコは言い、きっと一次試験は合格するだろうが、問題は二次試験なのだと元気のない口調でつぶやいた。

「二次試験は実技だから。私、すごくあがるたちなんだ。あがっちゃうと、もう自分

が自分でなくなるのよね」

「あがらない人なんていないわ。私は、あがるような状況に置かれたことがないだけで、きっと、すごくあがりやすい性格だと思ってるの」

「二次試験の発表が八月二十八日なの。その前に三日間、アルバイトを休んで、金沢に遊びに行こうと思うんだけど、私ひとりだとつまんないでしょう？」

「でも、金沢まではひとり旅でも、金沢に着いたら尾辻さんがいるでしょう？」

志穂子は、尾辻の、大きな字を思い描きながら、そう言った。

「でも、尾辻さんは、昼間は仕事だもの。夜だって残業があったりしたら、逢えないかもしれないし……」

たとえそうでも、ダテコはもう行くつもりなのだということを、志穂子はダテコの話し方で知った。

志穂子は、梶井と、偶然に赤坂で逢ったことをダテコに話そうかどうか迷った。迷ったあげく、しばらく内緒にしておこうと決めた。

「ダテコのお兄さん、お元気？」

と志穂子は、成田空港に迎えに行った日以後逢っていないダテコの兄のことを訊いた。

「お店は九月の十日にオープンなの。いま、その準備で、寝る暇もないらしいわ。でも、私から盗んだお金、ちゃんと返してくれたわ。お母さんは、まだ狐につままれてるみたいな気分だって言ってる」

ダテコはそう言ってから、

「このあいだ、ロカ岬の話が出たわ」

とふいに元気のいい声を出した。

「ロカ岬の話……？　どうして？」

と志穂子はダテコに訊いた。ダテコが、見かけに反して、女性には珍しいくらいに、口の固い人間だということは知っていたが、もしや、あの絵葉書の件を、兄に喋ったのかと疑ったのである。

「兄貴が持って帰ったものの中に、西ヨーロッパの地図の載ってる、なんかの表彰状みたいなのがあったの。すごくきれいな直筆のローマ字で兄貴の名前が入ってるの。これ何？　って訊いたら、ロカ岬の観光事務所で書いてもらったって言うんだもん。びっくりしちゃった」

ロカ岬に行った人は、幾らかの代金を払えば、何月何日に、間違いなくヨーロッパ最西端の地に立ったという記念の大きな用紙に姓名を書き込んでくれて、観光事務所の台帳にも、永遠にその名が保管されるそうだとダテコは言った。

「ねエ、その表彰状みたいな絵地図入りの紙に、ドイツ語と英語とポルトガル語、それにフランス語と、もうひとつスペイン語で、〈ここに地終わり　海始まる〉って印刷してあったわよ。私が、それを訳したら、兄貴のやつ、びっくりしてた。どうしてその言葉を知ってるのかって」

「ダテコは何て言ったの？」

「私にだって、その程度の教養はあるわよって言ってやったわ」

ダテコはそう言って笑い、志穂子もそれに合わせるように笑った。

「日本に帰る前、ヨーロッパを旅行したんだって、イタリア人のコックさんたちと。そのとき、ポルトガルにも行って、ロカ岬まで足をのばしたんだって兄貴が言ってた」

それからダテコは、

「ねエ、私が一人前の美容師になって、志穂子も本当に元気になったら、お金を貯めて、二人でロカ岬に行かない？」

と誘った。しかし、すぐに、

「ああ、でも、志穂子には、なんだか複雑な場所なんだよね。ごめんね。ロカ岬の話なんかして」

　と志穂子に謝った。

　電話を切ると、志穂子は二階にあがり、窓ぎわに腰を下ろして、梶井のことを思った。

　梶井は、ヤマキ・プロダクションの社長の恨みが、想像以上に強くてしつこかったので、万一、志穂子に迷惑がかかってはいけないと思い、日本に帰ってから志穂子に連絡を取ることもやめたし、じつは相手を間違えてあの絵葉書を送ってしまったなどと嘘をついてしまった……。そう志穂子に明かしたのだった。しかし、あの絵葉書にしたためた自分の思いは、いまも変わっていない、と。

　志穂子は、そんな梶井の言葉に、真実ではないものをかすかに感じていた。けれども、嘘とは思えなかった。嘘ではないが、真実でもない……。自分は、どうしてそう感じるのだろう。志穂子は、もう一度、尾辻からの手紙を手に取った。

　尾辻の、大きな字を見つめてはいたが、志穂子の心は、もう一度始まった梶井とのことのほうに、やはりどうしても傾いていた。

　もう一度、始まった……。志穂子は胸の内でそうつぶやいた。そして、梶井の中に、嘘ではないが真実でもないものがあるとしたら、それは何だろう。江崎万里とのことは、まったくの自分の邪推だったのだろうか。

志穂子は、次の日曜日に梶井と逢っても、自分が、江崎万里のことを脳裏に描き、それについてほぼ確信に近いものを感じたことは黙っていようと思った。

尾辻からの手紙を封筒に入れ、志穂子は、金沢にも行きたいという思いがあることにとまどった。

「こんなに、急に、もてだしたなんて、なんか変よね」

わざと剽軽《ひょうきん》ぶった言い方でひとりごち、きのうの夜に読み終わった百科辞典の第二巻を本棚に戻すと、第三巻の最初の項をめくった。そして、梶井が言ったことを、父や母に話すべきかどうか迷った。

梶井は、あれ以後、三日に一度くらいの割合で電話をかけてくる。たいてい、夜の十時前後で、最初に電話に出るのは、母の場合もあれば、妹の美樹の場合もある。一度は、父が受話器をとったこともあった。

だから、志穂子と梶井とのあいだに、あらたなつきあいが生じたことは、家族はみな知っているのだった。

けれども、そのことについて、父も母も、あまり口出しをしようとはしない。妹の美樹だけが、半ばひやかすように、半ば梶井を非難するかのように、ときおり梶井に関する自分の考えを口にした。

その美樹の言葉の中で、志穂子にとって最も重く残ったのは、

「お姉さん、梶井さんの、何かの代わりをさせられてるんじゃないの？」

というひとことであった。

梶井にとって、自分は何かの代わりなのかもしれないという思いは、美樹に言われる以前に、志穂子自身がふと抱いた疑念でもあったからだった。

別段、明確な理由などなかったが、梶井の言葉に、真実ではないものを感じるとき、その〈何かの代わりをさせられている〉という思いは強まるのだった。

志穂子は、梶井と逢ったら、そんな自分の思いをはっきり口にしようと思った。しかし、そんなことを言って、梶井に面倒臭い難しい女だと嫌われてしまうのではないかという不安もあった。

そうだ、お返事を書かなければ……。志穂子は、尾辻からの手紙を思い出し、百科辞典の表紙を閉じると、便箋を出した。

〈九月から英会話の学校へ通うことになった。中学生たちと同じ教室に入れてくれるように頼んだ。基礎からしっかり勉強するつもりだ〉志穂子はそこまで書いて、ペンを置いた。

志穂子は、金沢へ行きたくなってきたのである。旅行というものを、自分はまだ一度も体験したことがない。黒部峡谷へは無理かもしれないが、金沢へ行くぐらいなら大丈夫だろう。そう思ったのだった。

退院して約十ヵ月が過ぎ、二ヵ月に一度の検診にも何等問題はなく、再発の用心のために、あと一年ほどは二種類の薬を服用しなければならないが、体力にも少し自信がついてきた。

志穂子は、金沢へ行こうと決めた。尾辻の、あの大きな体の近くに行きたかったのである。それで、志穂子は、いま書いた手紙を破り、あらたに書き直した。

前略

お手紙、ありがとうございました。

こちらは残暑が厳しくて、ひょっとしたら、もう秋はこないのではないかと思ったりするほどです。北陸の夏は暑いと聞きましたが、お元気な御様子で安心いたしました。

私も、このあいだの検診では、まったく異常がなく、自分自身でも、少し体力がついてきたように自覚しております。

何かを身につけたいという焦りは強くて、九月から、英会話の学校へ通うことにしました。基礎的な力はまったくないのと同じなので、学校の事務の方にお願いし、中学生たちのクラスに入れてもらうことにしました。

金沢へのお誘い、ありがとうございます。さっき、電話でダテコにも誘われました。ぜひ行きたいと思います。尾辻さんのお仕事のお邪魔になりませんように気をつけます。日時が決まりましたら、御連絡いたします。

それでは、金沢でお逢いできますのを楽しみにいたしております。ごめん下さいませ。

かしこ

志穂子は、どこかにおかしな文章はないかと、何度も繰り返し読んでから、封筒に入れた。封に糊をしたあと、そうだ、旅館の手配はどうすればいいのだろうと思った。

階段を下り、テレビを観ている母に、金沢に行ってもいいかと訊いた。

「金沢？　石川県の？」

母は、そう言って、

「ダテコさんと行くの?」

と訊いた。

「ダテコのお友だちが誘ってくれたの。ねェ、行ってもいいでしょう? 二泊三日くらいのつもりなんだけど」

「ダテコさんのお友だちって、あの尾辻さんて方?」

「そう。尾辻さん、金沢に転勤になっちゃったの。二年ほど東京に戻れないんだって」

「旅行なんて、初めてね」

と母は微笑み、

「行ってらっしゃいよ。反対する理由なんてないでしょう」

と言ってくれた。

その母の微笑が、志穂子の心の中の、なんだか固くからまっている当惑のようなものを自由にさせた。

志穂子は、こんどの日曜日に、梶井と食事の約束をしていることを打ち明けた。

「あら、随分もてるのねェ。尾辻さんからは金沢へのお誘いで、梶井さんからは食事のお誘い」

母はそう言って、ひやかすように笑顔を注いだが、その表情のどこかから、何やかやと考えをめぐらせている翳《かげ》りが感じられた。

「梶井さんとのこと、変だなァって思ってるんでしょう？」

と志穂子は訊いた。母は、どう返答しようかといった顔つきで、用もないのに台所へ行ったが、流しのところで振り返って、

「だって、相手を間違えて、あんな絵葉書を送って来た人よ。しかも、そのことを、志穂子に打ち明けた人よ。そんな人が、またどうして、志穂子を食事に誘ったりするんだろうって、母親としては考えるじゃないの」

といつもの早口で言った。

「あれは嘘だったたって、梶井さんは私に言ってるの」

「嘘？　何が嘘なの？」

「相手を間違えたってことは嘘で、ほんとは、あの絵葉書は私に出したんですって」

母の問いに、志穂子は無言でうなずき返し、やはり梶井とのことは内緒にしておけばよかったと後悔した。

「梶井さんがそう言ったの？」

母は、いかにも腑《ふ》に落ちぬといった表情で居間に戻って来ると、ソファに坐って、

志穂子を見つめた。しかし、それ以上は何も質問してこなかった。

母に喋ってしまったのだから、このことはきっと父の耳にも入るだろう。志穂子はそう思いながら、ソファから立ちあがり、電話の置いてあるところへ行くと、ダテコのアルバイト先に電話をかけた。

「私も金沢へ行くわ。ダテコ、忙しいでしょうから、私が電車の切符とか旅館の予約をするわ」

と志穂子は言った。

「じゃあ、日を決めなきゃあ。やっぱり、土曜と日曜日を入れたほうがいいよね。尾辻さんが休みのときのほうがいいじゃない？」

ダテコは、はしゃいだ声で言った。

「土曜と日曜を入れたら、切符と旅館も満員じゃないかしら」

「旅館の予約は、尾辻さんに頼んだら？　電車の切符は、旅行代理店に電話したらいいわ」

とダテコは言い、八月の最終の週末はどうかと提案した。志穂子に異存はなかったので、さっそく手配してみると言って電話を切った。

母が、金沢には一度行ったことがあると言った。その時泊まった旅館は、小さいけれど、料理がおいしかったという。

「兼六園まで歩いて行けるところよ。えーと、何て名前の旅館だったかな」

母はそう言うと、自分の寝室へ行き、古いノートを持って来た。

「それ何？」

と志穂子は、ノートを見て訊いた。

「のぞかないでね。お母さんの日記」

「日記をつけてるの？　毎日？」

「誰にもいっちゃ駄目よ。お父さんにも内緒なんだから」

五年前、十何年ぶりかで女学校の同窓会をやろうということになり、金沢へ二泊三日の旅行をしたのだと母は説明し、

「おんなじクラスの人が、この旅館に嫁いでて、みんなが来るんだったら安くするからって。それで、その人は三年前に死んじゃったけど。いまは息子さんが跡を継いでるはずよ」

と言い、ノートをめくった。

「それ、五年前の日記なの？」

と志穂子は、思わず背伸びして、日記をのぞき込んだ。母は慌ててノートを隠し、

「志穂子が北軽井沢へ行った日から、日記をつけることに決めて、ずっとつづけてきたの。二、三日、とんでるときもあるけど、一年のうち、二百日くらいはつけてるわね」

と言って笑った。

その日記には、金沢で泊まった旅館の名前と電話番号も控えてあったらしく、母は、ノートを持ったまま、電話をかけた。

旅館の主人を呼んでもらい、甲高い声で、まわりくどい挨拶をして、母はやっと用件を切りだした。

電話を切ると、

「旅館はとれたわよ」

そう言って、母はノートを胸にしっかり抱きしめ、寝室へ行った。戻ってくると、

「日記のことは、絶対にお父さんには内緒よ」

と念を押し、こんどは別のところに電話をかけた。そこは旅行代理店らしく、金沢までの往復の切符を申し込んだ。母は、受話器を耳にあてがったまま、志穂子を見て、大きくうなずき、切符がとれたことを示した。

私は自分でやりたかったのに……。志穂子は、せっかちな母の手ぎわの良さに少し

腹を立て、

「二十四にもなって、何もかもお母さんにやってもらわなきゃいけないのね。そのうえ、旅行の費用も、私、自分では作れないのね」

とつぶやいた。

「だって仕方ないじゃないの。志穂子は働いてないんだから」

「だから、私、何か仕事をしたいの」

「いまは、体を丈夫にすることが志穂子の仕事」

母は、わざとぶっきらぼうな言い方をして、台所に置いてあったメモ用紙と財布を持って来ると、夕飯のための買い物を志穂子に頼んだ。

グラスにつがれた赤ワインを、ほんの少し舌で味わっただけで、志穂子は、あとは水ばかり飲んで、梶井に笑われた。

「アルコールが駄目でも、そんなに水ばかり飲んでたら、料理が食べられなくなるよ」

志穂子は、はいと返事をし、それでも無意識に水の入っているグラスに手を伸ばした。

コック長の勧める鱒《ます》と貝柱のマリネが運ばれてくると、梶井は、樋口由加と鄧健世の出会いについて語ったあと、

「彼の会社で働くことに決まったんだ。あしたから、宝石貴金属店〈デンピンヤン〉の社員だよ」

と言った。それから、南麻布のこのイタリア料理店は、〈サモワール〉時代にしょっちゅう食事をしたことがあるのだと説明した。

「〈デンピンヤン〉て宝石店を知ってる?」

と梶井は訊いた。

志穂子は、首を横に振り、ナイフとフォークで、どうやって魚を食べればいいのだろうと思案し、梶井の手つきを真似た。

「香港では、一、二の宝石店なんだ。日本とニューヨークに支店があるけど、鄧は、近いうちにニューヨークの店を本店にするつもりだ。香港が中国に返還されるまでに、鄧は、アメリカの市民権を得ようと思ってる」

梶井はそう言って、ワインの壜のラベルを見つめ、

「ぼくひとりで一本は多いな」

と微笑んだ。

「わずらわしいことが解決して、やっと再出発ですね」

志穂子はそう言い、以前とは別人のような、梶井の落ち着いた表情や物腰を観察した。

「まさか〈デンピンヤン〉の社員になるとはね。由加は、ぼくの社長夫人てことになる」

梶井は声をあげて笑い、これから、日本とニューヨークを行ったり来たりする機会が多くなるので、英語をしっかり学ぶことにしたと言った。

「それに広東語も習わなきゃいけない。これはもう三日前から勉強を始めたんだぜ」

「広東語？」

「そう、広東語。中国から日本に留学してる大学生が、週に三回、個人レッスンをしてくれるんだ。広東語を勉強するのは、鄧社長のご命令なんだ」

「私も、九月から英会話の学校に行くんです。中学生のクラスに入って、まったくの初歩からですけど」

と志穂子は言った。言いながら、さっきの梶井の話を思い返し、自分にあの絵葉書を出したのは、鄧健世という男が樋口由加の前にあらわれ、梶井が由加と別れた直後なのだなと思った。

「私、梶井さんの言葉を信じきってたから……」

そこまで言って、志穂子はあとの言葉がつづかなくなった。すると、梶井が訊いた。

「相手を間違えて絵葉書を出したっていう、あのぼくの嘘のこと?」

志穂子はうなずき、自分もお酒が飲めればいいのにと思った。一度も、アルコールを体内に入れたことがなかったので、志穂子は、自分が父に似てまったくの下戸《げこ》なのか、母に似て、相当いけるくちなのか、まったくわからないのだった。

「でも、ぼくは、あのときは、あんな嘘をつくしかなかったから……」

梶井は微笑み、志穂子の着ている服と、手首につけているブレスレットを賞めた。

志穂子が、鱒のマリネを食べ終えると、三種類の、太さの異なったスパゲティが運ばれてきた。ウエーターは、それぞれのスパゲティについて説明し、量は少なめにしてありますと言った。

「樋口由加さんのことを、本当はとても好きだったんでしょう? それなのに、その鄧という人が突然あらわれたとき、梶井さんはどうして、あっさりと樋口由加さんと別れたりなさったんですか?」

それに対する梶井の答は、志穂子が求めているものとあまりにも近すぎたので、志穂子の心はかえって梶井からあとずさりする形となった。

「だって、ぼくはそのとき、病院で見た人に恋を始めてたから」

そして梶井は、来週の日曜日も、この店で食事をしないかと誘った。

「来週の日曜日は、ダテコと一緒に、金沢に行くんです」

「金沢？　何をしに？」

「ダテコが、尾辻さんに逢いに行こうって。ダテコは、尾辻さんを好きなんだと思います。でも、ひとり旅は心細いから、私について行ってほしいんです。私も、旅行なんてしたことがないし、金沢って、どんなところか行ってみたいし」

志穂子は、幾分かの嘘を交じえて、そう言った。

私、これでちゃんとうぬぼれてる……。志穂子はそう思い、嘘を交じえてしまった自分を、なんと身の程知らずな女だろうと考えた。

でも、これって、本能みたいなものね……。志穂子は、わざと悪ぶっているのか、それとも本心なのか、自分でも分析出来かねる思いを胸の中でつぶやき、慣れない高級レストランの、支配人や従業員たちや、上品な皿やワイングラスに目をやり、梶井と真正面に向き合うことを避けた。

志穂子が自分の容貌に対して抱いている概念は、病んでいた当時の、青白い、多少むくみのある、きどっても笑っても、どちらにも特長のない、ごく普通の、あまりぱっとしない、陰気な顔だということであった。

だから、志穂子は、樋口由加と恋人同士であった梶井克哉が、志穂子への新しい恋を引き金として、由加と別離したことが、どうしても信じられなかった。

しかし、梶井の言葉を信じられない理由は、そうしたある意味において明快なものではなく、目前の梶井が絶えず漂わせている、曖昧《あいまい》な空気のようなところから発してくる何物かであった。

「金沢行きは、もう変更できないのかなァ」

と梶井は不満そうに言った。

「日曜日はいつも休めるとは限らないし、急に香港やニューヨークに出張ってこともあるから、休めると決まってる日曜日は、ぼくと食事をしてほしいんだけど」

その梶井の、すでにお互いが恋人同士であることを前提とした言い方は、志穂子を慌てさせ、頬を熱くさせた。

「こんどの日曜日しか、電車の切符も旅館の予約もできなかったんです。ごめんなさい」

と志穂子は小声で言ったが、梶井がさらに来週の日曜日は、自分のために金沢行きをやめてほしいと言い張ってくれることを望んだ。そうすれば、志穂子は、金沢行きを中止して、あとずさりしている心を梶井に向けて前進させようと思ったのだった。

　だが、梶井は、志穂子の言葉を聞くと、

「じゃあ、仕方ないね。ダテコさんも楽しみにしてるだろうしね。尾辻によろしく伝えといてくれよ」

　と言った。

　志穂子は、こんな場合、どうすればいいのかわからなかった。それで、小さく、

「はい」

　とだけ答え、飲むつもりもないのにワイングラスを持った。

「志穂子さんのお父さんもお母さんも、ぼくのことを、変なやつだなって思ってるだろうね」

　と梶井は、再び微笑を浮かべて言った。

「変なやつって、どういう意味ですか？」

　と志穂子は訊いた。すでに何回かの電話で、志穂子は、絵葉書に関するすべてのことを両親に話したと梶井に打ち明けていたのだった。

「中学生じゃあるまいし、たった一度顔を見ただけなのに、外国から、あんな絵葉書

を娘に送ってきた男が、じつは、あれは娘ではなくて、出す相手を間違えたんだなんて人を馬鹿にするにもほどがあることを言っといて、こんどは、それは嘘です、あの絵葉書は本当に天野志穂子さんに送ったんですって訂正する。志穂子さんのお父さんもお母さんも、きっとぼくのことを警戒してるだろうな」

梶井は、そう言ってからワインを口に含み、少し唇を尖らせて味わったあと、うまそうに喉に流し込んだ。

「べつに、梶井さんのことを警戒したりしていません。絵葉書のことは、父も母も、私には何も言いませんから」

と志穂子は言った。そして、自分は、もっともっと、いろんなことを梶井に質問してもいいのではなかろうかと思った。

質問したいことはたくさんあった。梶井から直接訊いてみたいことは、もう際限もないくらい、志穂子の胸のなかにあったのである。

けれども、分をわきまえようとする志穂子の心が、幾つかの質問を、どんな言葉遣いや抑揚《よくよう》であらわせばいいのかと臆させてしまうのだった。

志穂子は、ひとつだけ質問しようと決めた。そう決めたとたん、ひとつの質問は、別の質問を生んで、梶井にわずらわしさを感じさせる結果になりそうな気がした。

「どうして、梶井さんは、私に、お手紙ではなく絵葉書で、あんなお便りを下さったんですか？」

その志穂子の問いに、梶井は、随分遠くを見るような目つきで考え込んでから、

「照れ臭かったんだと思うな」

と言った。

「照れ臭い？」

「そう、照れだと思う。話をしたこともない女性に、いかにもラブレターですよって感じの文章を書きたくなかったんだと思う。それで、わざと絵葉書にした。そう思うな」

なんだか人ごとみたいな答え方だったので、志穂子は、

「思う……？」

と訊き返した。

「あの絵葉書を、リスボンのホテルで書いたのは、とんでもない昔みたいに錯覚するときがあるんだ。だから、あのときの自分の気持ちを正確に志穂子さんに伝えるためには、思うって言い方をするしかなくて」

と梶井は言った。

「こんなことを訊いて、怒らないで下さいね」

と志穂子は前置き、

「私が、どんなにうぬぼれたとしても、私は自分が、あの樋口由加さんよりも強く、梶井さんに好きになってもらえるはずなんてないって思ってるんです。わずらわしいことを、いちいち口にする女だって思わないで下さい」

ああ、やっぱり危惧していたとおりになったと、志穂子は自分を責めた。

梶井は、なんだかひどく余裕のある笑顔で、

「志穂子さんを、わずらわしい女だなんて思わないよ。ぼくは……」

と言い、笑顔を消してから口ごもった。

志穂子は、梶井の次の言葉を待った。待ちながら、梶井のなかから、本当に好きな異性の前にいて、自分の心を真面目にあらわしているといった雰囲気がまるで漂っていないのを、なおいっそう不安に駆られだした感性によってとらえてしまった。

「ぼくは……」

と梶井は途中でやめた言葉を話しだした。

「ぼくは、志穂子さんが、もっと、わずらわしい人になってもいいのにって思ってるんだ」

「わずらわしい女になったほうがいいんですか？」

と志穂子は訊いた。梶井の言っている意味が、よくわからなかった。

「ぼくを疑ってるだろう？」

と梶井は笑みを浮かべて言った。その笑みもまた、余裕から生まれてくるものであることを、志穂子は感じ取ってしまった。

「あんな、いいかげんな嘘を、それも、志穂子さんを侮辱するような嘘をついたんだから、ぼくを疑いつづけるのは当然だけど」

「私、侮辱されたとは思いませんでした」

「じゃあ、どう思った？」

「哀しくて、自分が恥ずかしくて……」

梶井は、自分のついた嘘について、再度、優しく謝り、

「さっき、樋口由加と自分をくらべるような言い方を志穂子さんは口にしたけど、ぼくは樋口由加と志穂子さんとを比べたことなんか一度もない」

ならば、どうして、樋口由加のような美しい女と別れて、こんな私を好きになってくれたのかと、志穂子は訊きたかった。志穂子のたくさんの質問は、つまるところ、そのたったひとつの質問に対する簡単な答えだけで消えてしまうのである。

けれども、志穂子には、どうしても、その質問を口にすることができなかった。恥ずかしかったし、そんな質問は、恋の始まりには、口にしてはいけないという思いもあったし、梶井の答えが、さらに自分の当惑やら不安やらを増幅させる結果となるのが怖かったのである。

食事が済むと、ペパーミントのシャーベットを食べ、梶井はエスプレッソを、志穂子は紅茶を飲み、レストランを出た。

梶井は、ズボンのポケットに両手をつっこみ、タクシーを捜しながら、

「どこか静かなバーで、志穂子さんと酒でも飲みたいけど、遅くなると、お父さんとお母さんが心配するだろうから、このまま渋谷まで送るよ。金沢に行ったら、尾辻に、たまには俺に手紙を書けって言っといてくれよ」

と言った。

志穂子は、梶井から少し離れたところに立って、行きかう若い女たちや、勤め人らしい人間たちのあいだで、ふらついた。

なんだか、膝に力が入らない気分で、頼りなげに雑踏のなかでたたずみ、梶井がタクシーを停めようと、片手をあげているうしろ姿を見つめた。

酒を飲めなくても、バーに誘ってほしかったが、誘ってくれなどとは口にできなか

ったのである。

渋谷の駅で志穂子をタクシーから降ろすと、梶井は後部座席の窓をあけ、

「金沢から絵葉書をくれないかなァ」

と言った。

「金沢からですか？」

「うん。ぼくは、ポルトガルのリスボンから出したんだぜ」

「はい、絵葉書を出します」

「速達でなくってもいいからね」

「そしたら、きっと、絵葉書よりも私のほうが先に東京に着いちゃいます」

梶井は笑い、

「そのほうが嬉しいな」

と言って手を振った。

志穂子は、物足りない気持ちを押し殺したまま、梶井の乗ったタクシーを見送り、駅の切符売り場まで行った。そして、切符を買ってから、公衆電話を捜して、家に電話をかけた。時計を見ると、九時前だった。

「いま渋谷の駅。これから帰るから」

と志穂子は母に言った。

「あら早いのね。七時に逢って、お食事をして、もういまから電車に乗るの?」

とりたてて深い意味などないのはわかっていたが、志穂子はその母の言葉で、自分のなかの無力感が強まるのを感じた。

「お父さんから電話があって、志穂子は何時ごろ帰るのかなァって気にしてたわよ」

と母は言った。

「お父さん、まだ帰ってないの?」

「きょうは、残業ですって。ちょっと面倒な書類をチェックしなけりゃいけないから、九時ぐらいまでかかるだろうって言ってたわ」

志穂子は電話を切り、改札口まで行くと、ふと思いついて、公衆電話のところへ戻り、父の勤め先の直通番号を押した。

父はまだ会社にいた。

「あれ? もう梶井さんとは別れたのか?」

と父は訊いた。

「駅まで送ってもらって、たったいま別れたところ。お母さんに電話をしたら、お父さんは九時ぐらいまで残業してるって言うから、ちょっと電話をかけてみたの」

「ご苦労さまって電話かい？」

「うん。そうね」

「いま終わって、さあ帰ろうかって思ってたとこだよ。六時にざるそばを食っただけでね。腹が減った」

父は、十五分ほどで行くから、そこで待っているようにと言って電話を切った。

私と梶井克哉とは恋人同士なのだろうか……。なんだか、そんな気がしない……。

志穂子はそう思い、でもやはり恋人同士なのだと自分に言い聞かせた。

恋人と逢って、食事をして、いま別れた女が、駅の改札口の近くで父を待っているなんて、変な具合……。

わざと、ふてくされたように胸の内でつぶやき、シャッターをおろし始めた本屋の、自分とおない歳くらいの女子店員がレジのところで緩慢《かんまん》に仕事をしている表情を見やり、志穂子は、どんな仕事でもいいから働きたいと思った。

寂しさというものを、とことん経験し、それに慣れていると思っていたが、志穂子は、十八年間の入院生活で味わった無数の寂しさとは異質の、胸の芯が圧迫されるような寂寥感《せきりょうかん》を処理しかねるまま、父を待った。

十五分ほどと言ったが、父がやってくるまで三十分かかった。

「早く行こうと思ってタクシーにして、かえって遅れちまった。日曜日だから道はすいてると思ったんだけどね」

と父は言った。

「日曜日でも、会社に行って、夜の九時まで仕事をしてるお父さんみたいな人がたくさんいるのよ」

「きょうは特別だ。お父さんが、日曜日に会社に行って、こんな遅くまでひとりで書類をチェックするなんてことは、三、四年ぶりかな」

そう言ってから、父は公衆電話で家に電話をかけたあと、

「志穂子とお茶でも飲んで帰るって、お母さんに言っといた」

「お腹、ぺこぺこなんでしょう？　私はお腹がいっぱいだけど」

志穂子は改札口とは反対の方向に、父と並んで歩きだし、ダテコと行ったことのあるトンカツ屋を思いだした。

「日曜日だからお休みかもしれないけど、行くだけ行ってみない？　ここからすぐ近くなの」

「トンカツか。いいねェ。うまいトンカツを食べたいな。志穂子はどうする？　そこは、トンカツだけの店なんだろう？」

「私は、お茶を飲んでる。熱い日本茶を飲みたいわ」

トンカツ屋は営業していた。トンカツ定食を注文し、志穂子が茶を一口すすったとき、

「食事は楽しかったか？」

と父が訊いた。もっともっとたくさん訊きたいことがあるが、それらは、その言葉のなかにすべてとどめたといった口調だった。

「緊張してたから、おいしかったのかどうか覚えてないの」

「へ、そんなに緊張したのか」

父は微笑み、そう言ってから、

「俺も、七時頃に、いやに緊張したよ」

とつぶやいた。

「二十四歳にもなった娘が、男の人と食事をしていると思うだけで、お父さんは緊張するの？」

多少ひやかすように志穂子は父に言ったが、父は、

「俺は、志穂子を、まだ高校生になったばかりの娘みたいに錯覚するときがあってね。きっと一緒に暮らした時間が少なすぎて、時間的な欠落があるんだろうな」

と感慨深そうに答えた。

志穂子は、テーブル越しに、父に顔を近づけ、

「ねェ、お父さんは、どんなときに怒るの？」

と訊いた。

「なんだい、急に話題を変えたな」

「話題を変えたんじゃないわ。いま、ふっと、私、お父さんが怒ったのを見たことがないなって考えたから」

「お父さんだって人間だぞ。腹が立ったら怒るさ」

「じゃあ、どんなとき、腹が立つの？」

父は、しばらく考え込み、

「あんまり腹の立つことがないんだな。きっと鈍感なんだね。でも、一度だけ、すごく腹が立ったことがある。大学生のときだ。いまでもはっきり覚えているくらいだから、よっぽど腹が立ったんだろうな」

と言った。

「へえ、どんなことがあったの？」

「下宿生活でね。あのころは、日本もうんと貧しかった。その下宿は、晩ご飯だけが

出るんだ。その下宿の親父が鮎をたくさん釣ってきて、とうとう食べきれなくて、二人の下宿生にも一匹ずつ焼いてくれたんだ。お父さんは、大事に食べようと思って、まず最初に、ご飯を食べた。そしたら、隣にいたやつが『なんだ、お前、鮎を嫌いなのか』って言うなり、俺の鮎をさっと箸でつかんで、そのまま自分の口に放り込んだ。俺は、あのときは本当に怒った。下宿屋の物じゃなかったら、茶碗も皿も、そいつにぶつけて割ってしまいたいくらいに腹が立った。俺は、そいつとは、卒業するまで口をきかなかった。だって、俺は、鮎の塩焼きが、食べ物のなかでは、世界で一番好きなんだ」

志穂子は、喋っているうちに、なんだかだんだん険しくなってきた父の顔を見つめ、それから、声をあげて笑った。

「鮎の塩焼きを横取りされて怒ったの？　いまでも忘れられないくらい腹が立ったの？」

父は苦笑し、

「まあ、本当に腹を立てて怒ったっていうのは、そのくらいかな」

と言った。そして、小声で、

「つまり、その程度の人間だ」

そうつぶやくと、おしぼりで顔をぬぐった。

鮎を横取りされて茫然としている学生時代の父を想像し、志穂子は笑いを止めることができなかった。そのうち、父も笑い始めた。

笑いながら、父は大切なものを思いだしたというふうに、背広の内ポケットから手帳を出し、そこに挟んであるメモ用紙を出した。

そして、そこに書かれてあるカタカナ文字を志穂子に読んで聞かせた。

「オンデ・ア・テラ・セ・アカバ・エ・オ・マール・コメサ」

「何なの、それ」

「ポルトガル語だよ。日本語に訳すと『ここに地終わり　海始まる』ってことになる」

と父は言い、

「取り引き先の会社に、長いことポルトガルに駐在してた人がいてね。このあいだ、その人に教えてもらったんだ。いまは信州で娘さんと暮らしてるんだけどね。志穂子が、紙に書いて部屋の壁に押しピンで留めてあるポルトガル語は、こう読むそうだ」

と説明してくれた。

「この言葉は、カモンエスって人の『ウス・ルジーアダス』っていう詩の一節なんだってさ。この詩は、ポルトガル人は、いまでもみな教科書で学ぶほどの、愛国的叙事詩で、大航海時代のヴァスコ・ダ・ガマのことをうたっているそうだ。ロカ岬は、西経九度三十分のところにあって、間違いなくヨーロッパ最西端の地だ。その人は、十五世紀から十六世紀にかけての、ポルトガルの大航海時代のことに興味を持って、ポルトガルにいるころ、それについてのいろんなことを調べるのを楽しみにしてたんだって。大航海時代のことなら何でも訊いてくれって、得意そうにしてたよ。現代人にとって、ヨーロッパの大航海時代ってのは、非常に示唆に富んでいるって、その人は言ってた」

「へえ。でも、その人は信州にいるんでしょう？　わざわざその人に電話して訊いたの？」

父はかぶりを振り、

「きのう、久しぶりに東京に出てきて、お父さんに電話をくれたんだ。近くまで来たから一緒にお茶でも飲まないかって」

トンカツ定食が運ばれてきたので、父は手に持ったメモ用紙を志穂子に渡し、嬉しそうに箸を袋から出した。

志穂子は、父の走り書きの字を見ながら、家に帰ったら、百科辞典で、ヴァスコ・

ダ・ガマや大航海時代について読んでみようと思ったが、〈ここに地終わり　海始まる〉という言葉は、反射的に、梶井の、自分への感情に対する不安を甦らせてきた。

しかし、そんなことは、二十四歳にもなって、自分の父に言うべきではない。志穂子はそう思い、〈オンデ・ア・テラ・セ・アカバ・エ・オ・マール・コメサ〉という文字を、そっと胸の中で何度も繰り返して読んだ。

「来週、金沢へ行くんだったな？」

トンカツを頬張ったまま、父が訊いた。

「うん。ダテコとね」

「あの子、急にもてだしたわよって、お母さんがひとりで騒いでたよ」

と父は笑顔で言った。

「人に聞かれたら笑われるわ。お母さんたら、単純なんだから。美樹なんて、名前も覚えられないくらい、ボーイフレンドがいるじゃない。私は、たったの二人よ」

と志穂子は言い、父の、いかにもさっきまで神経を使う面倒な仕事をしていたらしい、かすかな疲弊を宿す目を見つめた。

「お父さん〈デンピンヤン〉ていう宝石店を知ってる？」

と志穂子は話題を変えた。

「知ってるよ。有楽町にある店だろう？　中国人が経営してる店だって聞いたな。その店の品物を買うのが、若い娘さんの憧れだって、会社の女子社員に教えてもらったことがある」

と父は答えた。

「そのお店に、梶井さんが就職したの」

志穂子は、梶井と〈デンピンヤン〉の御曹司・鄧健世との関係を、父にかいつまんで説明し、

「これから、香港とかニューヨークへの出張が多くなるんですって」

と言った。

「芸能界みたいな派手な世界で、いっときは脚光を浴びた青年に、地味な会社員生活がつづけられるかな。幾ら扱ってる物が宝石や貴金属でも、仕事そのものは地味なもんだからね」

「でも、梶井さんは、その派手な世界を自分から拒否して捨てたんだもの」

「そりゃまあそうだけどね」

父はそう言ってから、赤出しをうまそうにすすり、しばらく志穂子を見つめた。そして、

「顔つきが、しっかりしてきたな」

と言った。

「しっかりしてきたって?」

「退院してきたころは、やっぱり、どこかに、病みあがりって感じがあった。でも、いまは、もうぜんぜんそんなところはないよ。こうやって見ると、なかなかべっぴんさんだ」

「そういうのを、親の欲目って言うのよ。私は、断じて美人の部類には属さない。平凡な顔だわ」

「俺に似たからか? 申し訳ないねェ。これぱっかりは、親としては、ひたすら申し訳ないと言うしかないよ」

「お父さん、いい顔してるわ。美男子じゃないけど。どっちかって言うと、その反対だけど」

「言ってくれるねェ。面と向かって、自分の娘にそう言われると、返す言葉がないな」

「でも、ほんとに、いい顔をしてる」

「ありがとう。親子で賞めあってりゃあ世話はないな」

志穂子と父は顔を見合わせて笑った。笑ったあと、志穂子は、

「私、梶井さんは、いい顔をしてないと思うの。ハンサムだけど、いい顔じゃないわ」

と言った。

しかし、そう言ってから、志穂子は、それは、つまるところ、自分の愚痴だなと思って反省した。

梶井が、赤裸々に、自分に対して恋をしているという表情を見せてくれないことに不満と不安を抱いていることを、志穂子は、「梶井さんは、いい顔をしてない」という言葉でなじったのと同じだと思ったのである。

そんな志穂子を見て、父は、

「なんだい、思いどおりにいかないのかい？」

とひやかすように微笑んだ。

志穂子は、父の言葉があまりに的を射ていたので、しばらくのあいだ、父の目を見ることができないまま、

「思いどおりにいかないことなんて、私、慣れてるもん」

と小声で言い返した。

「でも、志穂子には、慣れてないことのほうが多いよ。そんなことは当たり前のことだけどね」

と父は少し気を使った言い方をした。

「そうよ。私、未熟だもの。自分で働いて、ほんのわずかなお金も稼げないし……」

「なんだい、だんだん機嫌が悪くなってきたな。お父さんのせいかい？」

志穂子は、力弱くかぶりを振り、

「違うわ。自分のせいよ。私って、きっと、考えすぎるんだと思う。ちょっとしたことをヒントにして、何でもすぐに考え込むの。それで、自分の心の中で、しょっちゅう一人相撲を取るの。一人相撲を取って楽しかったことなんて一回もないのに……」

「人間は、誰もみんな一人相撲を取ってるよ。誰もがみんなそうだよ。人間は、心の中でも喋れるんだからね」

と父は言った。

志穂子は、自分の気分を変えようとして、

「ねエ、私が一番慣れてないものって何だと思う？」

と訊いてみた。

「うーん、一番かどうかはわからないけど、それに、これは父親が娘に向かって口にすることでもなさそうだけど、たぶん、恋愛かな。でも、父親としては、あんまり慣れてもらいたくはないけどね」

トンカツも、刻んだキャベツと胡瓜も、赤出しや漬物も、すべてきれいにたいらげた父は、熱い茶を店員に頼んでからそう言った。

「こんなことを言うと、また志穂子のご機嫌を悪くしそうだな」

「私、もうご機嫌、なおっちゃった」

「そりゃあ、ありがたい。このままずっとご機嫌を悪くされてたら困るなって思ってたんだ。女が機嫌を悪くしてると、お父さんは、いつもうろたえるよ。ほんとに困って、うろたえるんだ。だから、お父さんくらい、会社の女子社員に気を使うやつもいないだろうって思うね。お父さんは、女の扱い方に、ついに慣れないまま歳をくった」

と父は笑って言った。

自分は、どうして梶井を嫌いになれないのだろう……。そして、なぜ、尾辻に逢いたいために金沢へ行こうとしているのだろう……。

志穂子は、ぼんやりとなって、そんなことを考えているうちに、深夜の病院で、自分の下着を焼却炉に捨てていた女の患者の姿が甦ってきた。自分も、もしかしたら、あの人と同じようなことをしているのかもしれないという思いは、志穂子のなかで次第に大きくなった。

下着を盗まれるという狂言をつづけていた女の、いつもほつれていた衿あしの映像は、父と一緒に電車に乗ってからも、いつまでも消えていかなかった。

〈下巻へ続く〉

|著者| 宮本 輝　1947年兵庫県神戸市生まれ。追手門学院大学文学部卒。'77年『泥の河』で太宰治賞、'78年『螢川』で芥川賞、'87年『優駿』で吉川英治文学賞をそれぞれ受賞。'95年の阪神淡路大震災で自宅が倒壊。2004年『約束の冬』で芸術選奨文部科学大臣賞、'09年『骸骨ビルの庭』で司馬遼太郎賞をそれぞれ受賞。著書に『道頓堀川』『錦繍』『青が散る』『避暑地の猫』『ドナウの旅人』『焚火の終わり』『ひとたびはポプラに臥す』『草原の椅子』『睡蓮の長いまどろみ』『星宿海への道』『にぎやかな天地』『三千枚の金貨』『三十光年の星たち』『宮本輝全短篇』(全2巻)など。ライフワークとして「流転の海」シリーズがある。近刊に『真夜中の手紙』『水のかたち』『満月の道』『田園発港行き自転車』『長流の畔』。

新装版《しんそうばん》　ここに地《ち》終《お》わり　海始《うみはじ》まる(上)

宮本《みやもと》 輝《てる》

講談社文庫

定価はカバーに
表示してあります

2008年5月15日第1刷発行
2024年12月12日第6刷発行

KODANSHA

発行者——篠木和久
発行所——株式会社　講談社
東京都文京区音羽2-12-21　〒112-8001
電話　出版 (03) 5395-3510
　　　販売 (03) 5395-5817
　　　業務 (03) 5395-3615

デザイン—菊地信義
本文データ制作—講談社デジタル製作
印刷———株式会社KPSプロダクツ
製本———株式会社KPSプロダクツ

Printed in Japan

ISBN978-4-06-276060-7

講談社文庫刊行の辞

二十一世紀の到来を目睫に望みながら、われわれはいま、人類史上かつて例を見ない巨大な転換期をむかえようとしている。

世界も、日本も、激動の予兆に対する期待とおののきを内に蔵して、未知の時代に歩み入ろうとしている。このときにあたり、創業の人野間清治の「ナショナル・エデュケイター」への志を現代に甦らせようと意図して、われわれはここに古今の文芸作品はいうまでもなく、ひろく人文・社会・自然の諸科学から東西の名著を網羅する、新しい綜合文庫の発刊を決意した。

激動の転換期はまた断絶の時代である。われわれは戦後二十五年間の出版文化のありかたへの深い反省をこめて、この断絶の時代にあえて人間的な持続を求めようとする。いたずらに浮薄な商業主義のあだ花を追い求めることなく、長期にわたって良書に生命をあたえようとつとめるところにしか、今後の出版文化の真の繁栄はあり得ないと信じるからである。

同時にわれわれはこの綜合文庫の刊行を通じて、人文・社会・自然の諸科学が、結局人間の学にほかならないことを立証しようと願っている。かつて知識とは、「汝自身を知る」ことにつきていた。現代社会の瑣末な情報の氾濫のなかから、力強い知識の源泉を掘り起し、技術文明のただなかに、生きた人間の姿を復活させること。それこそわれわれの切なる希求である。

われわれは権威に盲従せず、俗流に媚びることなく、渾然一体となって日本の「草の根」をかたちづくる若く新しい世代の人々に、心をこめてこの新しい綜合文庫をおくり届けたい。それは知識の泉であるとともに感受性のふるさとであり、もっとも有機的に組織され、社会に開かれた万人のための大学をめざしている。大方の支援と協力を衷心より切望してやまない。

一九七一年七月

野間省一

村上春樹 カンガルー日和
村上春樹 回転木馬のデッド・ヒート
村上春樹 ノルウェイの森(上)(下)
村上春樹 ダンス・ダンス・ダンス(上)(下)
村上春樹 遠い太鼓
村上春樹 国境の南、太陽の西
村上春樹 やがて哀しき外国語
村上春樹 アンダーグラウンド
村上春樹 スプートニクの恋人
村上春樹 アフターダーク
村上春樹 佐々木マキ絵 羊男のクリスマス
村上春樹 佐々木マキ絵 ふしぎな図書館
村上春樹 糸井重里 夢で会いましょう
村上春樹・文 安西水丸・絵 ふわふわ
U・K・ル＝グウィン 村上春樹訳 空飛び猫
U・K・ル＝グウィン 村上春樹訳 帰ってきた空飛び猫
U・K・ル＝グウィン 村上春樹訳 素晴らしいアレキサンダーと、空飛び猫たち
U・K・ル＝グウィン 村上春樹訳 空を駆けるジェーン
T・ファリッシュ著 B・ルート絵 村上春樹訳 ポテト・スープが大好きな猫

村山由佳 天翔る
睦月影郎 密通妻
睦月影郎 快楽アクアリウム
向井万起男 渡る世間は「数字」だらけ
村田沙耶香 授乳
村田沙耶香 マウス
村田沙耶香 星が吸う水
村田沙耶香 殺人出産
村瀬秀信 気がつけばチェーン店ばかりでメシを食べている
村瀬秀信 それでも気がつけばチェーン店ばかりでメシを食べている
村瀬秀信 地方に行っても気がつけばチェーン店ばかりでメシを食べている
虫眼鏡 東海オンエアの動画が6.4倍楽しくなる本〈虫眼鏡の概要欄 クロニクル〉
森村誠一 悪道
森村誠一 悪道 西国謀反
森村誠一 悪道 御三家の刺客
森村誠一 悪道 五右衛門の復讐
森村誠一 悪道 最後の密命
森村誠一 ねこの証明
毛利恒之 月光の夏

森博嗣 すべてがFになる〈THE PERFECT INSIDER〉
森博嗣 冷たい密室と博士たち〈DOCTORS IN ISOLATED ROOM〉
森博嗣 笑わない数学者〈MATHEMATICAL GOODBYE〉
森博嗣 詩的私的ジャック〈JACK THE POETICAL PRIVATE〉
森博嗣 封印再度〈WHO INSIDE〉
森博嗣 幻惑の死と使途〈ILLUSION ACTS LIKE MAGIC〉
森博嗣 夏のレプリカ〈REPLACEABLE SUMMER〉
森博嗣 今はもうない〈SWITCH BACK〉
森博嗣 数奇にして模型〈NUMERICAL MODELS〉
森博嗣 有限と微小のパン〈THE PERFECT OUTSIDER〉
森博嗣 黒猫の三角〈Delta in the Darkness〉
森博嗣 人形式モナリザ〈Shape of Things Human〉
森博嗣 月は幽咽のデバイス〈The Sound Walks When the Moon Talks〉
森博嗣 夢・出逢い・魔性〈You May Die in My Show〉
森博嗣 魔剣天翔〈Cockpit on knife Edge〉
森博嗣 恋恋蓮歩の演習〈A Sea of Deceits〉
森博嗣 六人の超音波科学者〈Six Supersonic Scientists〉
森博嗣 捩れ屋敷の利鈍〈The Riddle in Torsional Nest〉
森博嗣 朽ちる散る落ちる〈Rot off and Drop away〉

講談社文庫　目録

森 博嗣　赤緑黒白〈Red Green Black and White〉
森 博嗣　四季 春～冬
森 博嗣　φ《ファイ》は壊れたね〈PATH CONNECTED φ BROKE〉
森 博嗣　θ《シータ》は遊んでくれたよ〈ANOTHER PLAYMATE θ〉
森 博嗣　τ《タウ》になるまで待って〈PLEASE STAY UNTIL τ〉
森 博嗣　ε《イプシロン》に誓って〈SWEARING ON SOLEMN ε〉
森 博嗣　λ《ラムダ》に歯がない〈λ HAS NO TEETH〉
森 博嗣　η《イータ》なのに夢のよう〈DREAMILY IN SPITE OF η〉
森 博嗣　目薬α《アルファ》で殺菌します〈DISINFECTANT α FOR THE EYES〉
森 博嗣　ジグβ《ベータ》は神ですか〈JIG β KNOWS HEAVEN〉
森 博嗣　キウイγ《ガンマ》は時計仕掛け〈KIWI γ IN CLOCKWORK〉
森 博嗣　χ《カイ》の悲劇〈THE TRAGEDY OF χ〉
森 博嗣　ψ《プサイ》の悲劇〈THE TRAGEDY OF ψ〉
森 博嗣　イナイ×イナイ〈PEEKABOO〉
森 博嗣　キラレ×キラレ〈CUTTHROAT〉
森 博嗣　タカイ×タカイ〈CRUCIFIXION〉
森 博嗣　ムカシ×ムカシ〈REMINISCENCE〉
森 博嗣　サイタ×サイタ〈EXPLOSIVE〉
森 博嗣　ダマシ×ダマシ〈SWINDLER〉

森 博嗣　女王の百年密室〈GOD SAVE THE QUEEN〉
森 博嗣　迷宮百年の睡魔〈LABYRINTH IN ARM OF MORPHEUS〉
森 博嗣　赤目姫の潮解〈LADY SCARLET EYES AND HER DELIQUESCENCE〉
森 博嗣　馬鹿と嘘の弓〈Fool Lie Bow〉
森 博嗣　歌の終わりは海〈Song End Sea〉
森 博嗣　まどろみ消去〈MISSING UNDER THE MISTLETOE〉
森 博嗣　地球儀のスライス〈A SLICE OF TERRESTRIAL GLOBE〉
森 博嗣　レタス・フライ〈Lettuce Fry〉
森 博嗣　僕は秋子に借りがある I'm in Debt to Akiko〈森博嗣自選短編集〉
森 博嗣　どちらかが魔女 Which is the Witch?〈森博嗣シリーズ短編集〉
森 博嗣　喜嶋先生の静かな世界〈The Silent World of Dr.Kishima〉
森 博嗣　そして二人だけになった〈Until Death Do Us Part〉
森 博嗣　つぶやきのクリーム〈The cream of the notes〉
森 博嗣　ツンドラモンスーン〈The cream of the notes 4〉
森 博嗣　つぼみ茸《きのこ》ムース〈The cream of the notes 5〉
森 博嗣　つぶさにミルフィーユ〈The cream of the notes 6〉
森 博嗣　月夜のサラサーテ〈The cream of the notes 7〉
森 博嗣　つんつんブラザーズ〈The cream of the notes 8〉
森 博嗣　ツベルクリンムーチョ〈The cream of the notes 9〉

森 博嗣　追懐のコヨーテ〈The cream of the notes 10〉
森 博嗣　積み木シンドローム〈The cream of the notes 11〉
森 博嗣　妻のオンパレード〈The cream of the notes 12〉
森 博嗣　カクレカラクリ〈An Automaton in Long Sleep〉
森 博嗣　DOG&DOLL
森 博嗣　森には森の風が吹く〈My wind blows in my forest〉
森 博嗣　アンチ整理術〈Anti-Organizing Life〉
森 博嗣 原作／萩尾望都　トーマの心臓〈Lost heart for Thoma〉
諸田玲子　森家の討ち入り
森 達也　すべての戦争は自衛から始まる
本谷有希子　腑抜けども、悲しみの愛を見せろ
本谷有希子　江利子と絶対〈本谷有希子文学大全集〉
本谷有希子　あの子の考えることは変
本谷有希子　嵐のピクニック
本谷有希子　自分を好きになる方法
本谷有希子　異類婚姻譚
本谷有希子　静かに、ねぇ、静かに
茂木健一郎　「赤毛のアン」に学ぶ幸福《しあわせ》になる方法
森林原人　セックス幸福論〈偏差値78のAV男優が考える〉

2024年9月13日現在